Você aceita os
termos de uso?

EU ACEITO OS TERMOS DE USO

Giulia Paim

astral
cultural

Copyright © 2024 Giulia Paim
Todos os direitos reservados à Astral Cultural e protegidos
pela Lei 9.610, de 19.2.1998. É proibida a reprodução total ou
parcial sem a expressa anuência da editora.

Editora Natália Ortega

Editora de arte Tâmizi Ribeiro

Produção editorial Andressa Ciniciato, Brendha Rodrigues,
Manu Lima e Thais Taldivo

Preparação de texto César Carvalho

Revisão de texto Beatriz Araújo, Fernanda Costa e
Mariana C. Dias

Design da capa Tâmizi Ribeiro

Foto da autora Neil Moran

Dados Internacionais de Catalogação na Publicação (CIP)
Angélica Ilacqua CRB-8/7057

P162e

    Paim, Giulia
      Eu aceito os termos de uso / Giulia Paim. — Bauru

SP :

    Astral Cultural, 2024.
     224 p.

    ISBN 978-65-5566-492-8

    1. Ficção brasileira I. Título

24-0325   CDD B869.3

Índice para catálogo sistemático:
1. Ficção brasileira

BAURU
Rua Joaquim Anacleto
Bueno 1-42
Jardim Contorno
CEP: 17047-281
Telefone: (14) 3879-3877

SÃO PAULO
Rua Augusta, 101
Sala 1812, 18° andar
Consolação
CEP: 01305-000
Telefone: (11) 3048-2900

E-mail: contato@astralcultural.com.br

Você sabe que a primeira Matrix foi criada
para ser o mundo humano perfeito, onde
ninguém sofreria, onde todos seriam felizes?
Foi um desastre.

— Matrix

ÍNDICE

Pentágono	9
Caça às bruxas	31
Eu aceito os termos de uso	63
Um experimento social	110
Lilith	137
Churastei	185

PENTÁGONO

Dia 1

Em uma mesa para dois no restaurante Abbraccio do Shopping Leblon, Rio de Janeiro, Henrique aguarda sozinho. Olha em volta e avista um casal que parece ser um pouco mais velho que ele. A moça tenta rir discretamente da imitação que o rapaz faz do Faustão, mas não consegue. Começa a abanar o rosto vermelho e seca as lágrimas que escorreram do seu rosto de tanto que riu da piada.

Henrique desvia o olhar. Seus olhos batem em outro casal, que parece ter a idade de seus pais, com duas crianças pequenas à mesa, uma desenhando e a outra assistindo a um vídeo no iPad. O casal não diz nada, nem se olha. Os dois estão concentrados demais na tela dos próprios celulares, provavelmente rolando o *feed* de um aplicativo qualquer. Henrique, de repente, sente calor e desabotoa um botão da camisa que passou meia hora escolhendo em casa. Ele vê a hora em seu celular: 20h07.

Henrique tem vinte e três anos. Escolheu quatro fotos porque achava que duas poderiam não mostrar cem por cento como era fisicamente, e cinco poderiam entediar a pessoa que se daria ao trabalho de ver uma por uma. Colocou duas de corpo inteiro, uma selfie e uma que ia até o quadril. Nunca namorou na vida, e seu último quase-relacionamento durou três meses. Nenhum outro durou mais que isso.

Henrique é nível cinco. Busca um relacionamento sério e não quer perder tempo com encontros casuais. Usa o Pentágono há vinte dias, e este é o primeiro encontro que marcou. Conversou bastante com Bianca, também nível cinco, antes de criar coragem e sugerir que se conhecessem pessoalmente.

Mais três minutos se passam. Henrique dá um gole na água que o garçom trouxe e puxa um pouco mais as mangas dobradas da camisa. Não quer parecer nem muito formal nem desleixado. Ele se lembra das mensagens no WhatsApp que nunca foram respondidas e estremece. Ouve passos vindo em sua direção e, antes que consiga virar a cabeça e confirmar, Bianca puxa a cadeira à frente dele.

— Oi! Está aqui há muito tempo? — ela pergunta timidamente e se senta.

Ela se parece com as fotos que usou no aplicativo, para alívio dele. Henrique se pergunta se ele foi uma surpresa positiva ou negativa para Bianca. Pelo sorriso dela, acredita ser a primeira opção. Nas quatro fotos que escolheu, ele está com o mesmo corte de cabelo e sem barba.

— Não, cheguei agora. — Ele sorri também.

✺

Depois de seis estações de metrô, Nina decide comer um pão de queijo na praça Nelson Mandela porque percebe que chegou mais cedo do que os quinze minutos de atraso exigidos pela etiqueta carioca. Vê-se de tudo em uma sexta-feira à noite no

Baixo Botafogo: pessoas de terno e gravata que acabaram de sair do trabalho, outras de chinelo e camisa furada... O que importa mesmo é uma cerveja gelada e nada mais.

Nina é nível um. Saiu de um conturbado relacionamento de quase dois anos e não busca nada além de encontros casuais. *Essa é a beleza de ser nível um*, ela pensa, *somente diversão e zero preocupação.* Níveis um não querem encontros românticos em restaurantes chiques. Às vezes nem se dão ao trabalho de sair, e muitas de suas conversas se resumem a: *Só tem eu em casa. Vem pra cá.*

Nina usa a mesma jaqueta jeans de uma das fotos que escolheu para o aplicativo. A peça é larga e cheia de *patches* coloridos. Já recebeu vários elogios por ela. Avisou Bárbara, também nível um, que estaria com a peça, para que ficasse fácil de identificá-la. Seu cabelo está mais curto e não é mais rosa como na foto, agora é castanho e roxo nas pontas.

Ela se sente bem. Bonita. Livre.

Passados mais alguns minutos, Nina caminha até o Boteco Colarinho, ao lado da praça. Depois de procurar no meio das muitas cabeças segurando copos de chope, avista Bárbara acenando. Ela é mais miúda do que as fotos mostravam, mas não é um problema.

— Prazer — Bárbara diz, dando dois beijos na bochecha de Nina.

Não há mesas com cadeiras vagas, então as duas se apoiam em uma mesa alta perto do meio-fio. Nina acena para o garçom, que, depois de anotar o pedido da mesa ao lado, entrega um cardápio para cada.

— Boa noite. Querem beber alguma coisa?

⁕

— Mais duas taças, por favor — Henrique pede à garçonete. Mesmo estando cheio do fettuccine à carbonara que acabou de comer, a sangria de vinho tinto, especialidade da casa, além de deliciosa, serviu para deixar os dois mais à vontade.

A noite está indo bem. Não excelente, mas bem. Bianca é doce e tem um lindo sorriso. É um pouco tímida e pareceu mais falante on-line do que pessoalmente, mas isso não é tão ruim. Henrique sabe que também parece nervoso aos olhos dela; não parou de dobrar e desdobrar as mangas da camisa desde que chegou ao restaurante.

Henrique conta histórias da viagem até Cabo Frio que fez com os amigos há duas semanas. Fala sobre a praia gelada, porém gostosa de mergulhar, sobre como todos esqueceram de levar a carne que haviam comprado para o churrasco e, por isso, tiveram que comer abobrinha grelhada durante dois dias. Bianca ri e dá mais uns goles na sangria. Diz que não é de viajar com os amigos e prefere programas mais caseiros, mas que gosta muito de praia e ia a Cabo Frio com a família quando era criança.

Há algo reconfortante naquele encontro. Por mais que o papo não esteja fluindo tanto como quando estavam conversando por mensagens, Henrique sabe que não precisa se preocupar com dúvidas como "Quanto tempo espero para mandar mensagem?" ou "Será que preciso ir com mais calma?", ou o principal: "Vamos ter um segundo encontro?". O Pentágono já respondeu a todas aquelas perguntas antes mesmo que ele as fizesse. É à prova de erros. Bianca quer o mesmo que Henrique. Todos que são nível cinco querem a mesma coisa.

A garçonete vai até a mesa e espera que os dois façam uma pausa na conversa sobre como vai o estágio de Bianca em uma assessoria de imprensa no Jardim Botânico. A funcionária está com um cardápio na mão e o oferece ao casal, enquanto coloca na bandeja as taças vazias de sangria.

— Sobremesa? O *petit gâteau* de doce de leite é nosso carro-chefe.

Henrique e Bianca se entreolham, pensativos. Como se tivessem conversado telepaticamente, sorriem ao mesmo tempo.

— Dois, por favor — Nina pede, e soluça logo em seguida. Ela e Bárbara caem na gargalhada. Mal conseguem andar em linha reta sem cambalear, por isso usam como apoio a carroça de cachorro-quente na qual está escrito DOGÃO DO ARNALDO em letras garrafais.

— Você pagou a última cerveja, então deixa eu pagar o lanche — Bárbara diz, se esforçando para se concentrar em contar o dinheiro na carteira.

— Peraí. — Nina coloca a mão na frente do corpo de Bárbara, sua atenção focada nos salgados da carroça. — Essa coxinha parece tão boa... Quer dividir uma?

— Coxinha, não, eca! — Bárbara a puxa pelo braço, ainda rindo.

— Ah, é. Esqueci como você é fresca... — Nina provoca, colocando a língua para fora.

Bárbara mencionou a Nina que não gostava de coxinha enquanto dividiam uma porção de batata frita no Colarinho, depois do segundo litrão. Antes de se encontrarem, haviam trocado poucas mensagens por apenas algumas horas em um dia, mas só isso. Disseram onde moravam, trabalhavam ou estudavam, e se estavam livres no fim de semana para tomarem uma cerveja. Durante o tempo que passaram no bar, falaram sobre preferências de comidas, filmes, séries e livros. Só foram descobrir que ambas são fãs dos thrillers de Alice Feeney naquela noite. Que Nina estuda na faculdade com uma amiga de infância de Bárbara. Que Bárbara faz mapa astral como hobby e que Nina, apesar de não acreditar muito, acha divertido ler de vez em quando sobre o assunto.

Bárbara belisca o braço de Nina de brincadeira. Entrega o dinheiro a Arnaldo, que passa para ela dois cachorros-quentes com tantos acompanhamentos em cima — milho, ervilha, maionese, batata palha, queijo ralado e mais — que não dá nem para ver a salsicha.

— Já que a chata não quis dividir a coxinha, fico só no dogão mesmo — Nina brinca, e pega um dos cachorros-quentes. Ela morde e dá um suspiro.

— Ridícula. — Bárbara morde o dela e sorri, satisfeita. — Tinha que ser escorpiana.

— "Tinha que ser escorpiana..." — Nina repete, com um tom de deboche, e coloca a mão na frente da boca porque não consegue segurar a risada.

Bárbara ri também e ameaça fazer cócegas em Nina. As duas correm em volta da carroça, às gargalhadas, até que Nina tropeça no meio-fio e quase cai, mas Bárbara a segura.

— Doida — Bárbara diz, puxando Nina para mais perto.

— Fresca — Nina responde, com um sorriso malicioso, olhando Bárbara de cima a baixo.

As duas se beijam. Ainda com o cachorro-quente nas mãos, Nina usa a mão livre para segurar a cintura de Bárbara, que, em resposta, toca a bochecha de Nina.

A mão de Henrique desliza suavemente pelas costas de Bianca. Ela chega o corpo para mais perto do dele, com as mãos em sua nuca. Eles começam a se beijar, mas ele percebe que ela não usa a língua até começar uma música nova no rádio do Uber. Parece envergonhada com o barulho do beijo. Mas, logo em seguida, "Girls & Boys", da banda Blur, começa a tocar, e ela fica mais à vontade.

Henrique passa a mão na coxa de Bianca, que inspira mais profundamente em resposta. Ao perceber que ela mantém as mãos no rosto dele, ele para de provocar. Imagina que ela queira ir mais devagar e sente que não é mais que sua obrigação respeitar isso.

O carro estaciona no portão do prédio de Bianca. Os dois se afastam, um pouco ofegantes e com os rostos vermelhos. Ficam em silêncio por cerca de dez segundos.

— Foi um prazer te conhecer. — Henrique sorri.

— Foi ótimo — Bianca concorda, colocando uma mecha de cabelo para trás.

Henrique não parou de pensar, durante todo o trajeto, se deveria mencionar que vai mandar uma mensagem no dia seguinte. No relacionamento passado, tinha esperado três dias, e uma conversa que começou agitada por uma semana foi ficando com cada vez menos assunto. Ele não queria esperar. Os dois eram nível cinco. Óbvio que queriam conversar no dia seguinte.

— A gente se fala amanhã — ele diz, criando coragem.

Bianca não diz nada, apenas assente. Vira o corpo para abrir a porta do seu lado do carro e dá um selinho em Henrique antes de sair.

✳

— Tenho que ir — Nina cochicha no ouvido de Bárbara. O sono começou a bater, e ela sabe que, se cochilar por cinco minutos, só vai acordar no dia seguinte. Deixou bem nítido que não tinha interesse em dormir junto quando respondeu às perguntas do Pentágono. Foi um dos motivos de ter sido colocada no nível um.

— Tá bem — Bárbara diz, na posição da conchinha menor. Seus olhos estão fechados, e ela não olha para trás.

Nina veste sua roupa e a jaqueta. O efeito do álcool já passou, ela só sente sede no momento, além de um leve enjoo do cachorro-quente que comeram mais cedo. Bárbara vira o corpo para Nina e apoia a cabeça na mão, com o cotovelo no travesseiro. O quarto está iluminado somente por um abajur em formato de concha na mesinha de cabeceira. Mesmo com a maquiagem borrada e o cabelo desgrenhado, Nina não consegue deixar de pensar em como Bárbara é bonita. E em como a noite foi ótima.

Mas precisa acabar ali. Ela se lembra da última vez que dormiu na casa de alguém no primeiro encontro. O rosto dele vem à mente. Como seu abraço era gostoso. Como ela adorava entrelaçar as pernas nas dele. Como seu cobertor tinha um cheiro delicioso.

Nina afasta aqueles pensamentos e apaga a luz do abajur.

— Tchau. — Ela acena para Bárbara, de onde está.

— Se cuida. — Bárbara volta a apoiar a cabeça no travesseiro e fecha os olhos.

Dia 2

São três da tarde, e Henrique não recebeu nenhuma mensagem. Passa o domingo em um almoço de família na casa da avó, checando o celular de vez em quando. Ele se pergunta se Bianca está pensando o mesmo que ele: *Será que mando uma mensagem ou espero?*

Enquanto ouve seu tio tagarelando sobre o cenário político atual e declarando em quem vai votar nas próximas eleições, Henrique desbloqueia o celular novamente e vai passando pelos aplicativos. Seu dedo passa pelo WhatsApp, mas ele hesita. Ao lado deste aplicativo está o logo do Pentágono, um polígono pintado de lilás em um fundo branco. Ele morde os lábios e olha para os lados discretamente, então, decide abrir o aplicativo.

Henrique passa pelo perfil de outras meninas nível cinco, o único nível ao qual tem acesso. Algumas são bonitas, outras, mais ou menos. Ele se sente tentado a arrastar o perfil de algumas para o lado direito — o que demonstra seu interesse —, mas opta por não o fazer. Não é para aquilo que ele foi selecionado para o nível cinco. Decidido, Henrique fecha o Pentágono e volta ao WhatsApp. Abre o contato de Bianca e digita:

Oi! Como tá seu dia?

✳

Tudo bem, e você?

Nina digita para Marcela, outra nível um. Passou a tarde de domingo assistindo à segunda temporada de *Fleabag* — pela terceira vez — e, paralelamente, arrastando para a direita ou esquerda os perfis de meninas e meninos nível um no Pentágono. As duas conversam por cerca de dois episódios da série sobre as coisas mais básicas: trabalho, faculdade, planos para o fim do dia. Nina gosta disso: quando vão direto ao ponto e não enrolam.

Até que surge uma mensagem de Marcela perguntando:

Tá livre? Quer ir num barzinho na Lapa?

Nina lê e relê a mensagem algumas vezes, pensativa. Lembra da noite passada, das gargalhadas com Bárbara no bar, do cachorro-quente que comeram aos tropeços, do cheiro suave de coco do cabelo dela quando estavam deitadas de conchinha. Em seguida, se lembra dele. De como ele tinha provocado nela uma reação semelhante na primeira vez que saíram. A sensação de que tudo tinha corrido bem demais.

Dia 6

Henrique conversou com Bianca por mensagem a semana inteira. O assunto fluiu bem mais tranquilamente do que ele imaginava. A cada dia iam alternando quem começava a conversa com um "Bom dia" e sempre terminavam com um "Até amanhã". Fluiu bem mais do que quando se conheceram pessoalmente. O que era justo, já que é muito diferente de quando se está em casa, com o celular, sem a pressão da linguagem corporal ou da obrigatoriedade de um beijo, ou algo mais, no fim da noite. Henrique pensa que não seria nada mal ir além dos beijos com Bianca no fim de semana. Pela troca de mensagens, sente que ela está mais à vontade. Pode ser a oportunidade perfeita.

Henrique pergunta se Bianca quer fazer algo à noite, e ela sugere irem ao cinema. Combinam de se encontrar no Cine Roxy, em Copacabana. É um dos cinemas mais antigos da cidade, com um ar de sofisticação e nostalgia, aonde seus pais costumavam "ir para namorar" quando tinham a idade dele.

— Vou ao banheiro antes de começar — Bianca avisa. Ela se levanta e desce a escada da sala.

Henrique observa o rabo de cavalo comprido de Bianca balançando levemente enquanto ela caminha em direção à porta. Ele sorri. Bianca realmente é muito bonita, e os dois parecem dar um bom match. Até quanto ao filme não tiveram problema em escolher. Comédia com Adam Sandler e Jennifer Aniston: não tem erro.

Pouco depois, uma menina passa por Henrique e se senta a duas cadeiras de distância dele. Algo na garota capta a sua atenção. Henrique não repara que a está encarando, nada discretamente, até receber um olhar um pouco incomodado dela.

— Desculpa! — ele diz, atrapalhado. — É que tenho a mesma camiseta que você. O Loki é meu vilão preferido. Juro que foi só isso.

A garota suaviza a expressão.

— Ah, sim. — Ela sorri. — O meu também. Viu o último filme da fase nova da Marvel?

— Vi! Caramba, fiquei sem palavras. — Ele imita o som de uma explosão acontecendo em sua cabeça.

Os dois começam a conversar sobre as melhores e piores partes do filme, sobre quadrinhos e personagens da Marvel. Assim que a garota se apresenta como Laís, Bianca reaparece na sala e senta-se entre os dois. Henrique não tem chance de terminar a conversa, porque as luzes logo se apagam, dando início aos trailers. Um pouco frustrado, ele se pergunta se Laís está no Pentágono. Se sim, qual nível ela é. E, se for nível cinco, se ele não arrastou o perfil dela para a esquerda por acidente, sem ter prestado atenção.

Bianca apoia a cabeça em seu ombro. Seu perfume é um pouco doce demais, porém cheiroso. É uma sensação boa tê-la assim tão perto. Henrique sorri e, conforme os trailers vão passando, vai pensando menos na conversa que teve com Laís.

❖

Nina sente o estômago roncar. Deveria ter comido mais antes de sair de casa, mas não imaginava que a boate onde combinou de se encontrar com Paulo, nível um, teria uma fila tão grande para entrar. É quase meia-noite, e a fila avança a passos de tartaruga. Pelo menos Paulo é um colírio para seus olhos: alto, forte e cheio de tatuagens. Pediu desculpas por ter sugerido aquela boate tão difícil de entrar e tentou compensar a bola fora pagando uma lata de Skol Beats para ela.

— Muito louco esse aplicativo, né? — ele comenta, e os dois dão três passos para a frente. — É bom que a gente não perde tempo com quem não tá na mesma *vibe*. Achei legal.

Nina concorda com a cabeça. Não consegue mais prestar muita atenção no que Paulo diz, apesar de ele ter um bom papo. Está com tanta fome que sente que poderia comer um bufê inteiro.

Os dois viram a esquina, andando com a fila, e Nina avista uma mercearia aberta perto da porta da boate. Perfeito.

— Já volto. — Ela sai da fila e caminha até a frente da mercearia. — Moço, me vê… — Ela olha com atenção para os poucos salgados que restam atrás do vidro do balcão. — Uma coxinha, por favor.

Nina se lembra de Bárbara. Pega o telefone, tira uma selfie dela mesma comendo o salgado e envia para a menina. Mas logo depois se arrepende.

Por que fez isso? Bárbara mal deve se lembrar dela. Ambas são nível um, afinal de contas. Tiveram um bom encontro, e foi isso. Nina não devia querer vê-la de novo. Não devia mandar mensagem.

Ela tenta pensar em outra coisa: no estômago que finalmente parou de roncar, na bebida de graça em sua mão e em seu lindo *date*. Termina de comer na hora certa, quando ela e Paulo estão prestes a entrar na boate. Seu humor melhora cem por cento.

Paulo dança bem e não se envergonha disso. Depois de mais duas latas de Skol Beats para cada um, ele segura na cintura de Nina e a puxa para mais perto, os quadris dos dois se mexendo no mesmo ritmo.

De repente, Nina sente o celular vibrando na bolsa a tiracolo. Aperta os olhos porque a luz do aparelho é forte, comparada ao escuro da boate, mas consegue ver a mensagem de Bárbara:

Eca! Uma boca bonita dessa comendo um negócio tão ruim.

Nina sorri. Antes de guardar o celular, ele vibra novamente, com outra mensagem de Bárbara:

Como estão as coisas por aí?

O sorriso dela cresce, mas depois se esvai.

Ela não quer isso. Não devia ter mandado foto nenhuma. Isso é coisa de nível três para cima. Nível um não puxa assunto que não seja "Que horas você vem aqui em casa?".

Sem responder, ela guarda o celular e volta sua atenção para Paulo. Ele puxa suavemente o rosto dela para perto e a beija. Ele fecha os olhos e abraça a cintura de Nina, deixando-se levar pelo ritmo da música.

Dia 13

Henrique e Bianca não dizem nada. Apenas arfam, ambos encarando o lustre apagado do teto do quarto dela. Ela puxa o lençol até o peito, que estava descoberto. Ele limpa o suor da testa. Cada segundo em silêncio só serve para deixar a situação ainda mais constrangedora. Ele não sabe o que dizer, não tem como se explicar.

— Isso não costuma acontecer — ele diz, ainda sem coragem de olhar para ela.

— Tudo bem — ela responde, quase em um sussurro.

"Tudo bem." Ele sabe que não está nada bem. Sabe que Bianca está decepcionada, e a culpa é toda dele. Não conseguiu relaxar e esvaziar a mente, não parava de pensar em baixar novamente o Pentágono, que havia deletado no início da semana. Na quantidade de meninas lindas de nível cinco que estariam disponíveis para ele deslizar para a direita. Talvez uma delas fosse mais compatível com ele do que Bianca. Talvez uma delas falasse mais, gostasse de mais coisas em comum com ele ou simplesmente o fizesse mais feliz. Talvez mudar de nível aliviaria a ansiedade.

Ele tinha se preparado muito para aquele momento. Comprou um perfume novo, colocou sua cueca mais bonita e usou loção pós-barba para dar um aspecto liso e macio ao rosto. Quando transou pela primeira vez no último relacionamento, mal se lembrava de nada. Os dois estavam bêbados pós-bloco de carnaval. E acabou tão catastrófico quanto havia começado. Bianca é especial, tinha tudo para dar certo. Mas agora sua incapacidade de ereção vai ficar na cabeça dela para sempre. E se eles nunca conseguirem transar?

— Quer ir para um motel?

Nina a princípio não diz nada. Está ofegante, suada, pressionada contra o muro dos fundos do lado de fora da Casa da

Matriz, em Botafogo. Sua gim-tônica, tomada até a metade, está caída ao lado dos coturnos. Ninguém ao seu redor pareceu reparar no rapaz colocando a mão por baixo de sua saia, nem nela mordendo o pescoço dele com força. Estão todos muito ocupados bebendo, fumando ou fazendo as próprias preliminares com outras pessoas no recinto. Por mais que Renan saiba muito bem como agradá-la, ela se sente cansada. É o quarto "encontro" do Pentágono que tem.

O que começou excitante e divertido agora está meio... repetitivo. Chato.

— Na verdade... — Ela dá um passo para o lado, desencostando-se do muro. — Acho que vou embora.

— Por quê? — ele pergunta, decepcionado. Depois ajeita o cinto da calça.

— Tô cansada.

— Ah, poxa. Estava tão bom... — Ele segura a cintura dela, beijando o canto de sua boca.

— Não, acho que eu vou embora mesmo. — Ela vira o rosto para o lado.

— Por favor... — Ele segura seus quadris, empurrando-a para a posição onde estava antes, no muro.

Nina pensa em afastá-lo, mas por um breve momento pondera se não é mais fácil ceder a Renan e evitar discussão. Não é como se ela nunca tivesse feito isso. Inclusive, era o que tinha feito por um bom tempo ao longo daqueles dois anos.

Não. Esse foi o motivo de ela ter entrado no Pentágono. Liberdade. Poder fazer o que queria sem dar satisfação.

— Não. — Ela o empurra de leve, o suficiente para criar um espaço entre os dois que a permita sair andando. E é o que ela faz.

Segundos depois, já de costas e quase chegando na saída, ela o ouve gritando:

Pentágono | 23

— Então por que me chamou para vir pra cá? Piranha!

Nina percebe alguns olhares direcionados a ela. Ela os ignora, sentindo o estômago embrulhar. Dá passos largos, com medo de que Renan a alcance, e tira o celular da bolsa, pedindo um Uber para sair dali quanto antes.

Dia 15

Bianca não mandou mais mensagem nenhuma. Henrique não tem certeza se está de fato chateado com isso. Parte dele se sente um pouco... aliviado.

Henrique baixa novamente o Pentágono.

Nina não sai da cama o dia inteiro. Por sorte, seu último encontro não veio mais tirar satisfação. Só para garantir, ela o bloqueia. Depois lembra que não adiantou bloquear seu ex-namorado quando ela pediu um tempo. Ele usou outro número de celular para continuar falando com ela e enviando ameaças.

Nina deleta o Pentágono.

Dia 20

Henrique olha para a mensagem de Bianca que fez seu celular vibrar. Ela acabou mandando uma mensagem dois dias depois do "incidente", puxando assuntos variados sobre qualquer coisa, menos sobre o ocorrido. Os dois conversaram ao longo dos dias, fingindo que estava tudo normal. Há uma semana, ele a teria respondido na mesma hora, contente por saber que todos os dias tinha uma quantidade garantida de mensagens de alguém que gostava dele. Percebe que ela também está demorando cada vez mais para responder.

Ele desbloqueia o celular, mas não abre o WhatsApp para não aparecer que leu a mensagem. Em vez de responder, clica no ícone do Pentágono e começa a analisar as fotos de outras meninas. Quando uma janela de conversa abre, indicando que uma das meninas gostou dele também, ele começa a digitar "Oi!", mas hesita. Percebe o número cinco ao lado da foto de perfil dela. Coloca o celular na mesa e se deita na cama, encarando o teto.

Henrique não sabe mais o que fazer.

Nina já bloqueou e desbloqueou o celular várias vezes. Sente-se uma idiota. Não era para isso acontecer. Não era para ela se sentir culpada por não ter respondido à mensagem de Bárbara. Não era para ela *querer* responder. Mas não consegue evitar. Lembra-se dela sempre que vê uma coxinha na rua. Sempre que sente cheiro de coco.

Imagina que nunca passaria pelo que passou na Casa da Matriz, nem mesmo nos últimos dois anos, se não fosse por Bárbara. Não quer pensar no futuro. Tudo o que realmente quer é sair com ela outra vez. Mais risadas entre cervejas e cachorros-quentes.

Nina abre o WhatsApp, decidida, e clica na conversa com a garota.

Desculpa não ter respondido. Comigo tá tudo
bem, e com você?

Pentágono | 25

Dia 24

Henrique sabe que está fazendo a coisa certa. Mesmo que seja desagradável, não quer que a última vez que se vejam seja assim, simplesmente desaparecendo. Deve aquilo à Bianca. Deve a si mesmo. Ele se lembra de como foi horrível a sensação de ver o interesse de alguém por ele se esvaindo aos poucos.

Bianca aparece na portaria do prédio e abre o portão. Seu cabelo cacheado está solto, e, na opinião de Henrique, é do jeito que ela fica mais bonita. Pela expressão calma em seu rosto, ela já sabe o que ele vai dizer. Henrique imagina que Bianca pretende dizer o mesmo. Estava nítido nas suas últimas conversas.

Eles se cumprimentam com dois beijos na bochecha e caminham lado a lado pela rua do prédio de Bianca, sem dar as mãos. Tentaram fazer isso algumas vezes, mas, de alguma maneira, elas não se encaixaram naturalmente.

— Acho que a gente precisa conversar — ele diz, sem olhar para ela.

— É, também acho — ela responde, quase em um sussurro.

Enquanto caminham sem rumo, vendo os ciclistas e os cachorros com seus donos passarem por eles, cada um fala o que o outro está pensando.

— Que coisa louca, né?! — Bianca comenta, observando um casal que passa por eles de mãos dadas. — A gente tinha tudo para dar certo. Quando vi a propaganda do aplicativo pela primeira vez, achei que bastava achar outro nível cinco que me agradasse, e pronto.

Henrique assente.

— Vai ver somos os cinco por cento que não funcionam, as letrinhas miúdas na propaganda que avisam que o aplicativo nem sempre é eficiente.

Os dois riem. Viram a esquina e param em uma loja que vende açaí. Eles se entreolham e dão de ombros. Por que não?

— Não me arrependo, viu? — Bianca diz, depois que os açaís chegam.

Henrique, que deu a primeira colherada em seu pote coberto de leite ninho e granola, ergue a sobrancelha.

— De te conhecer — ela completa.

Ele sorri de boca fechada. Sabe que seus dentes devem estar todos sujos.

— Nem eu.

Nina seca, com as costas das mãos, as lágrimas que caíram dos olhos. Dizer aquilo em voz alta foi mais difícil do que tinha imaginado. E ela não deixou nenhum detalhe importante de fora. Desde quando foram apresentados por um amigo em comum, os primeiros encontros maravilhosos, as noites que passou na casa dele, quando ele começou a ter ciúmes dos amigos dela, o incômodo que ele passou a sentir sempre que ela saía sem ele, as discussões que foram se tornando mais agressivas, as vezes que transaram sem ela sentir a menor vontade, apenas para encerrar as brigas de um jeito mais fácil...

Bárbara segura sua mão. Espera Nina botar tudo o que precisava para fora antes de dizer:

— Muitas vezes, a gente nem percebe que alguém nos faz mal. Para quem convive com uma pessoa tóxica, esse comportamento é normal. — Ela beija as costas das mãos de Nina. — O importante é que você percebeu isso e saiu fora.

Nina funga. Apesar de não ter planejado despejar toda a história do seu último relacionamento durante a saída com Bárbara, agora se sente mais leve. Como se tivesse passado anos carregando uma mochila cheia de pedras nas costas e finalmente a jogado fora. Ela dá um gole demorado na cerveja.

— Tá explicado por que você estava no nível um — Bárbara comenta. — Dois anos aturando um babaca.

Nina dá uma risada triste e diz:

— Uma merda, esse aplicativo. — Ela pega um punhado de batata frita do prato de metal e as coloca na boca.

— Também achei — Bárbara concorda, e dá um gole na cerveja. — Eu falo que não quero nada sério com ninguém, e ele me junta logo com você.

Nina não diz nada, apenas sorri. Naquele boteco barulhento, em um sábado à noite, lotado de gente, parece que não existe ninguém além de Bárbara e ela.

A imagem do rapaz na cabeça dela passa a ficar cada vez mais fraca, até um ponto em que ela nem se lembra mais como ele é.

Dia 30

— Quer pipoca para acompanhar? — a atendente do cinema pergunta.

— Uma pequena, por favor.

Henrique paga seu ingresso e a pipoca. Observa que, ao lado, um casal de braços dados olha a tela do computador de um dos atendentes para escolher um lugar na sala. A mais baixa e magra aponta para o topo da tela e olha para a parceira com a sobrancelha erguida. A outra, de jaqueta jeans e cabelos roxos, sorri em resposta. Henrique não precisa ser nenhum detetive para deduzir que escolheram o lugar mais afastado para trocarem carícias durante o filme.

Ele se volta para a atendente e a agradece, pegando seu único ingresso e sua pipoca. Caminha até a sala e se senta em seu lugar. Os dois assentos ao lado estão vazios, mas ele não se importa. Não sente necessidade de estar acompanhado. Tinha acordado com vontade de ver um filme e assim o fez.

Henrique vê o casal de meninas subindo as escadas na lateral da sala. Passam pela fileira dele e continuam subindo, até se sentarem na última. Ele pega um punhado de pipoca e come. Volta sua atenção para a tela e sorri.

Nina apoia o braço por trás das costas de Bárbara, que, em resposta, deita a cabeça em seu ombro. Nina aproveita que agora estão mais perto uma da outra para pegar um punhado da pipoca no colo de Bárbara.

— Acabei de perceber um negócio — Bárbara cochicha.

— O quê? — Nina pergunta, de boca cheia.

— Todos os nossos encontros envolveram comida.

Nina ergue as sobrancelhas.

— Errada a gente não tá, né? Quer dizer, só você, por não gostar de coxinha.

Bárbara ri e joga uma pipoca no rosto de Nina.

— Acho bom que a gente continue assim.

— Pode deixar. — Nina dá um selinho em Bárbara. — Por muito tempo.

— Isso aí. — Bárbara come uma pipoca, pensativa. — Ou não. Quem sabe?

— É. Quem sabe? — Nina dá de ombros.

As luzes se apagam, e o primeiro trailer começa a passar na tela. Nina faz carinho no cabelo de Bárbara, que respira fundo e sorri.

Realmente não há como saber se o relacionamento com Bárbara vai dar certo. Mas isso não é ruim. Ela percebe, enfim, que não saber é melhor do que perder tempo com algo que ela sabe que não vai valer a pena. Pelo menos uma coisa boa o Pentágono lhe ensinou.

Se as luzes do cinema ainda estivessem acesas, Bárbara veria no rosto de Nina algo do qual se lembraria por um bom tempo: um sorriso de orelha a orelha.

CAÇA ÀS BRUXAS

Não são nem sete da manhã, e meu celular não para de apitar descontrolado. É tanto *plim!* em menos de um segundo de intervalo, que parece que uma criança está tocando xilofone no meu ouvido.

Belli, sua burra. A culpa é toda sua. Encheu a barriga vazia com o resto de rosé guardado na geladeira — quando digo resto, quero dizer dois terços da garrafa; mesmo assim, se já estava aberta, não deixa de ser resto — *e foi dormir sem colocar o telefone no silencioso. Isso que dá ser descontrolada.*

Bocejo e esfrego os olhos, já imaginando o esporro que o Ricardinho vai me dar quando eu chegar na academia. "E essa retenção de líquido aí? Tá com cara de lua, hein. Vamos de cem *burpees* para suar esse álcool."

Plim! Plim! Plim!

Abro os olhos com dificuldade, mas os fecho logo em seguida, sentindo um leve ardor nas córneas. Tenho de me lembrar de ligar para a Mônica para ela dar um jeito nesse blecaute do meu quarto.

Viu, Belli, preferiu a designer de interiores que ocupava uma página só na Casa Vogue *à que ocupava cinco, deu no que deu.*

Aperto o celular com força e o coloco no mudo. Que inferno, me deixem acordar, pelo menos.

Eu me espreguiço e arrumo forças para sair da cama. Sinto um gosto amargo na boca e uma dorzinha na têmpora. Porcaria de rosé. Espio o tempo lá fora por uma fresta na cortina: nublado, caindo uma chuvinha, mas ainda assim um calor de trinta graus. Saco.

Prendo o cabelo com um elástico e coloco minha faixa de pelúcia na testa. Escolhi a cinza, demora mais para precisar limpar. Não adianta mandar indireta no Instagram para a Jana Beauty pedindo a faixa vermelha que eu quero tanto, só mandam branca, rosa-pastel e amarelo-claro. Fazer o quê.

Minhas olheiras estão especialmente escuras hoje. Depois de lavar o rosto com sabonete líquido para pele seca — obrigada, Vichy —, gasto mais tempo do que o normal passando meu creme hidratante na bolsa dos olhos. Não queria ter comprado um pote caro de uma marca estrangeira que, apesar do cheiro delicioso de baunilha, parece não fazer nenhum efeito, mas, como é o creme do momento, ai de mim não ter um dele na bancada do banheiro. Um patrocínio até que não seria nada mal. Nota mental: pedir à Clara para arranjar um contato com o RP deles aqui no Brasil.

A parte boa da maquiagem da manhã é que não preciso exagerar. Nem contorno preciso fazer. Maravilha. Passo um *primer* — obrigada, Urban Decay —, base líquida, pó translúcido, um blush coral para destacar meu bronzeado, lápis de olho marrom, rímel e um batom nude. O celular, apesar de não fazer mais *plim!*, ainda faz *vrr-vrr* de tanto que vibra em cima da bancada de mármore. *Esse povo não tem mais o que fazer?*

Abro o Instagram e sorrio ao ver a foto que Felipe postou de nós dois. A luz no meu rosto ficou ótima, mas, olhando de perto, vejo um pedacinho de semente de gergelim no meu dente. *Ai, Fê. Custava corrigir isso?*

Abro o WhatsApp e passo direto pelas mensagens do Ricardinho, da nutricionista, da Clara, da minha mãe e do salão que marquei para amanhã. Abro a mensagem que mandei para Felipe ontem perguntando aonde íamos jantar hoje. Lida e não respondida. Dou uma bufada. Tudo bem, o dia mal começou, ele deve estar ocupado.

O cheiro de café vindo da cozinha é gostoso, mas ainda sinto o estômago meio embrulhado.

— Bom dia, princesa — Joana, cozinheira aqui de casa, fala. — Já trago seu café. Senta aí.

— Obrigada, Jô — digo, bocejando outra vez.

Abro um pote de iogurte light e jogo um pouco de granola por cima. Dou uma colherada que pega as duas camadas, ajusto as duas uvas-passas para que fiquem simétricas e, com cuidado, abro a câmera do celular. Apoio-o na jarra transparente de suco de maçã com adoçante e ajeito meu cabelo para o lado esquerdo, que me favorece mais. Confiro se não tem batom no meu dente, abro um sorriso e aperto o botão de gravar.

— Bom dia, pessoal! Começando o dia por aqui com esse iogurtezinho *top* da Bananaprata. — Dou uma colherada e engulo. — Eu adoro como ele é levinho e, ao mesmo tempo, muito saboroso, me deixa saciada até a hora do almoço. Hoje é sexta-feira, fim de semana tá aí, mas nada de sair da dieta, hein! — Dou uma piscadela para a câmera. — Dia nubladinho, mas vamos espantar a preguiça. — Dou mais uma colherada e tento não fazer careta, porque mordo sem querer uma uva-passa. — Bora levantar, aproveitar o dia, bater umas metas e o principal:

sorrir para nós mesmas no espelho. — Sopro um beijo para o aparelho e posto o vídeo.

Dou mais duas colheradas, e o iogurte acaba. Enfio a mão no pote de granola, me livro das uvas-passas e coloco umas três mãozadas na boca. Graças a Deus tenho o café da Jô.

Abro o WhatsApp e espio a conversa com o Felipe outra vez. Nada ainda. Suspiro e desço para as outras mensagens. Tento sempre dar prioridade à Clara, afinal, se não fosse por ela, eu não teria um décimo dos seguidores que tenho hoje.

Belli, bom dia.

Mensagem recebida às cinco da manhã. Eu teria dó se não conhecesse a Clara direito, ela naturalmente dorme tarde e acorda cedo todos os dias. De acordo com ela, o olho simplesmente abre. E quem sou eu para privar minha empresária de ser produtiva desde cedo?

1.329 seguidores essa semana.

Aquele post do brinco de bambu de artesanato bombou, já colocamos na sua lojinha virtual.

Vê se posta alguma coisa hoje às 17h em vez de 18h, seu horário de pico está mudando.

Vão chegar duas caixas da Bananaprata aí hoje ou amanhã, mas deixa para divulgar no domingo.

Mandei o Felipe editar a foto dele contigo com aquele dente horroroso.

Vale a pena fazer mais um post de maquiagem essa semana, a maioria dos comentários de anteontem foi de gente perguntando quanto era seu batom.

Responde ao comentário da Babi Grado hoje sem falta. Vai ficar feio para você se virem que a ignorou.

Liga mais tarde, bjs.

Tomo meu café enquanto leio o relatório matinal — ou da madrugada, tecnicamente — da Clara. Só 1.329? Comparado com os 1.512 da semana passada, houve uma queda. Preciso postar mais fotos com o Felipe, elas sempre rendem de cinco mil *likes* para cima. Minhas seguidoras não podem ver uma foto dele de regata com os músculos do braço aparecendo que quase quebram os dedos de tão rápido que fazem o coraçãozinho aparecer no meio da foto. É só ele responder ao inferno da minha mensagem. E, se a caixa da Bananaprata vier com aquelas barrinhas de cereal cheias de passas de novo, juro que coloco fogo nela.

Abro o comentário da Babi Grado na minha foto em que estou correndo no calçadão com o conjunto vinho da Adidas que recebi.

Gataaa! Inspiração que fala? Look 10/10

Reviro os olhos. Sei que ela está doida por um patrocínio. Espertinha.

Respondo com:

Gata é vc! Obrigada, bebê 😍😍😍😍😍

— Jô — digo, depois de dar o último gole no café. São 7h08, ainda dá tempo de enrolar um pouquinho antes da academia. — Faz uma tapioca para mim, por favor? Enche de queijo. E uma fatia de peito de peru. Não, duas.

Sabia que o Ricardinho ia me dar uma canseira hoje. Nunca vi um personal trainer com uma visão tão atenta aos detalhes como ele. Faz sentido, afinal, se as clientes dele que me seguem não virem progresso, vão trocá-lo.

— Fala sério, Belli — ele diz, com o cotovelo apoiado na cadeira extensora que estou usando. — Vinho de madrugada? Se enchendo de queijo logo de manhã? Eu não faço milagre, não.

Finjo que não ouvi o comentário e continuo empurrando o peso da máquina com as pernas. Como punição, ele aumenta a carga do aparelho em cinco quilos.

No intervalo de quarenta segundos entre uma série e outra, nós dois checamos nossos celulares. Clara me avisando onde vamos almoçar, manicure adiando o horário para amanhã às três da tarde em vez de às duas e, finalmente, Felipe dando sinal de vida. Disse que deve estar livre por volta das oito da noite, mas me avisa mais tarde.

— A Babi Grado mudou de cabeleireiro? — Ricardinho pergunta, ainda com os olhos no celular. — Esse está bem melhor, nossa. Ajeitou aquela franja horrível que ela insistia em deixar torta.

Ele me mostra a última foto que Babi postou, uma selfie dela abraçando o gato. Realmente, a franja está bem melhor. Odeio admitir, mas morro de inveja do cabelo ruivo natural dela. Já sei que uma das mensagens de Clara deve ser para eu comentar alguma coisa nessa foto.

Termino a série ofegante. Aproveito que, pela minha aparência, já posso postar uma foto. Estou só um pouco suada e com o rosto avermelhado, mas não nojenta. Meu rabo de cavalo está um pouco mais frouxo, mas sem parecer bagunçado. Perfeito.

Dou zoom na foto e a analiso de perto. Observo minhas bochechas, que Ricardinho apontou estarem inchadas por causa do vinho de ontem.

— Bora, Belli! — Ricardinho me chama a atenção. Posto rapidamente a foto no meus stories com a legenda *#focanaacademia*, me levanto do aparelho e sento em outro, para trabalhar os tríceps. Sinto o celular vibrando no bolso da minha calça roxa de elastano, mas o ignoro.

— Estava pensando em fazer bichectomia. A Babi Grado fez — comento, puxando a barra de ferro. — Várias seguidoras me perguntaram se eu ia fazer.

— Acho que vai ficar linda. — Ele ajeita minhas costas para que fiquem eretas. — Faria com o dr. Gil?

— Não sei. Minhas coxas ficaram ótimas. Mas a dra. Tavares também é boa. Ela fez meu bumbum ano passado.

Ele concorda com a cabeça. Abre o celular de novo e começa a buscar alguma coisa. Sinto o *vrr* outra vez.

— Sabe quem fez há pouco tempo e ficou ótima? Aquela atriz da novela das seis… Que faz a filha da Giovanna Antonelli. Ela fez com o Gil, quase certeza. Deixa eu ver aqui.

Termino a primeira de três séries e dou um gole na água da minha garrafa de vidro com cristais azuis em formato de

"B" — obrigada, Voss. Olho para o lado e vejo que Ricardinho continua procurando a tal atriz para me mostrar. Respondo um "ok" para o Felipe e, logo antes de fechar o celular, vejo que Clara me mandou duas mensagens, mas deixo para ler depois.

Volto a fazer a série. Ainda sentada, danço de leve "Envolver", da Anitta, que está tocando nos alto-falantes da academia durante os quarenta segundos de descanso entre uma série e outra. Puxo a barra mais quinze vezes, as últimas quatro mal consigo fazer. Ricardinho está me torturando.

— Achou? — pergunto, dando mais um gole demorado na água.

— Não. Estranho. Vi essa foto ontem. — Ele continua com os olhos no celular, deslizando o dedo pela tela.

— Vai ver ela deletou. — Alongo meus braços e me levanto da cadeira.

Vrr. Vrr.

Confiro meu celular rapidamente antes de mudar de aparelho, mas vejo que não é Felipe avisando onde vamos jantar.

Você tem cinco novas mensagens de Clara.

Guardo o celular novamente.

Começo a caminhar até a área de pesos para exercitar as pernas, mas percebo que Ricardinho não está andando ao meu lado. Olho para trás e o vejo ao lado do aparelho em que eu estava, encarando o celular com uma expressão confusa. Adoro meu personal, mas pelo preço que ele cobra, esperava mais atenção em mim do que em fofocas de famosos.

— O que houve? — Volto até ele um pouco irritada.

Ele aponta a tela para mim. Vejo a foto da tal atriz da novela das seis mostrando as novas bochechas, mas há algo estranho nela. Ela está preta e branca e um xis vermelho cobre o rosto da menina inteiro.

Não entendo a surpresa do Ricardinho. Toda celebridade tem haters. Deve ser só mais um desocupado com inveja do dinheiro e da beleza da garota em uma tentativa boba de cancelá-la. Disso eu entendo, tenho minha cota de invejosos.

— O que é que tem? — Dou de ombros.

— Lê a legenda, Belli.

Vrr. Vrr.

Reviro os olhos e pego o celular da mão dele. O texto abaixo da imagem diz:

Babado! A foto que Juliana Fergal postou mostrando o resultado da bichectomia apareceu com esse xis enorme ontem. A legenda no perfil da atriz, que dizia que a cirurgia teria sido um sucesso e ela já havia voltado a trabalhar normalmente, foi substituída por outra desmentindo tudo. A nova legenda dizia que Juliana pegou uma infecção por erro médico e precisou ser internada algumas horas após o procedimento, e que o próprio cirurgião pediu a ela que divulgasse que nada de ruim havia acontecido. A foto foi deletada minutos depois, mas recebemos o print de um de nossos seguidores. Eita! Será que Ju foi hackeada? Fiquem ligados nas novidades aqui no portal!

Ok, esse tipo de hater eu nunca vi. Entrar no perfil de alguém famoso, colocar um xis na foto e trocar a legenda dizendo que era mentira? Será que é por isso que Clara está me mandando mensagem adoidada? Não que ela não mande pelo menos cem mensagens por dia, mas algo na legenda dessa foto me faz

Caça às bruxas | 39

sentir um calafrio. Óbvio que pode ser tudo invenção e só uma estratégia de marketing para colocar a tal Juliana nos holofotes, mas mesmo assim... Se até o perfil oficial da presidência do Brasil já conseguiram invadir uma vez, não duvido nada das habilidades de certas pessoas na internet.

— Vamos voltar para a série? — Devolvo o celular para o Ricardinho, tentando parecer indiferente.

Pego duas caneleiras de oito quilos e envolvo cada uma em uma perna. Apoio os cotovelos e joelhos em um colchão e movimento a perna direita para trás e para a frente.

— Belli, não foi só aquela atriz que hackearam — ele diz. Vejo pelo reflexo do espelho que ele abriu o Instagram de novo. — A foto que a Lu Costa postou com o namorado acabou de aparecer com um xis, dizendo que ela o traía.

Deixo a perna com o peso cair. Mas que merda é essa que está acontecendo?

Ricardinho não me dá outra escolha senão ver com meus próprios olhos. Lá está, no perfil verificado da Lu Costa, influenciadora de maquiagem, um enorme xis no rosto dela e do Guilherme, namorado dela. Quer dizer, agora ex-namorado. Eu acho.

Sinto uma súbita coceira na nuca e empurro a mão de Ricardinho, que segura o celular. Volto a fazer a série em silêncio.

Enquanto faço o exercício, minha visão periférica identifica duas meninas que devem ter por volta de catorze anos, com os celulares na mão, me observando e cochichando algo entre si.

Vrr. Vrr.

Minha nuca volta a coçar. E volto a olhar para o espelho. *Não deve ser nada. Foco, Belli.*

Ricardinho não toca mais no assunto, a não ser para anunciar que o perfil da Lu Costa deletou a foto com o xis vermelho. Como se adiantasse alguma coisa.

Abro a câmera do celular para gravar um vídeo com Ricardinho depois do treino, como sempre faço. Coloco um filtro que esconde meu rosto suado e a maquiagem derretida, mas sinto um desconforto ao apertar o botão de gravar. Procuro com o olhar as duas meninas que me observaram mais cedo, mas não as vejo.

— Tudo bem, Belli? — ele pergunta.

O celular vibra. Uma mensagem de Felipe diz:

Manekineko 21h. Bjs.

Fico um pouco mais aliviada.

— Está, sim. — Abro um sorriso e começo a gravar. — Tá pago! Hoje foi sexta de maldade, né, Ricardinho? — Nós dois rimos.

— Acha que eu vou te dar moleza? Nananinanão! — ele responde, ainda olhando para a câmera. — Para ficar gatona assim, tem que ralar!

— Pois é! — Rio de leve. — Sigam aqui o perfil dele, ele arrasa! — Aponto para o espaço onde vou preencher com o link para o perfil dele depois. — E não se esqueçam: foco na dieta! Daqui a pouco eu volto aqui para mostrar meu almoço pós-treino para vocês! Beijo!

Nós dois mandamos beijos para a tela, e paro de gravar. Hesito um pouco antes de postar o vídeo, mas envio mesmo assim.

Eu me sento no banco do meu carro na garagem da academia e dou uma olhada no Instagram antes de colocar a chave na ignição. Preciso ter certeza, só para não ficar distraída enquanto dirijo, para não furar nenhum sinal vermelho ou coisa do tipo. Meu perfil continua limpo, colorido, com as mesmas legendas, sem nenhum xis. Confiro o perfil de Felipe também, nada além de suas fotos no crossfit, a academia dos pais e seus patrocínios de suplementos e roupas esportivas. Solto um suspiro.

O tempo que levei para tomar banho, secar o cabelo e me maquiar novamente — a maquiagem demorada dessa vez, incluindo contorno, brilho facial e cílios postiços — já faz meu estômago roncar enquanto dirijo até o restaurante onde vou me encontrar com Clara para almoçar. Abro o porta-luvas para conferir se o chocolate que escondi ali ainda está lá. Rasgo um pedaço da embalagem, dou uma mordida e sorrio com prazer.

Aproveito que o trânsito está lento e meu carro mal anda enquanto atravesso um túnel para conferir algumas mensagens de Clara, confirmando o restaurante, o horário, quantas curtidas minha última foto recebeu, quantas pessoas visualizaram meu último vídeo, quais comentários preciso responder…

De repente, uma das mensagens quase me faz bater no carro da frente.

NÃO COMENTA NADA NO PERFIL DA BABI GRADO PORQUE ACABOU DE APARECER UM X VERMELHO NUMA DAS FOTOS DELA!!!!!!!!!!!!!!!!

Pelo visto, os xis vermelhos estão se espalhando como um vírus. Com uma mão no volante e outra no celular, abro o Instagram e vou direto no perfil da Babi. Lá está o xis vermelho na foto que ela postou divulgando sua linha de esmaltes. Sinto o mesmo gosto amargo na boca que senti quando acordei hoje mais cedo, pós-vinho.

Alternando minha atenção entre o trânsito em frente e meu celular, deslizo a tela para ler a legenda.

A linha de esmaltes Babi Grado, que dizia ser cem por cento cruelty-free, usou vários coelhos para testar os produtos, causando cegueira, irritação e queimaduras.

Sinto o ar escapando dos meus pulmões por alguns segundos. Minhas mãos vacilam, e o celular cai no tapete do banco do carona. Uma buzinada vinda por trás me faz voltar a raciocinar, e vejo que estava começando a invadir a pista da direita.

Aperto o volante com força. Meu coração agora bate três vezes mais rápido. Aumento o volume do rádio, que toca "Edge of Seventeen", da Stevie Nicks, para tentar tirar aquilo da cabeça. Pelo menos até estacionar e não bater em nenhum carro.

Ao chegar no estacionamento do shopping, meu chaveiro em formato de trevo-de-quatro-folhas cai das minhas mãos quando aperto o botão para trancar o carro. Respiro fundo. Minha nuca está coçando. Sinto-a queimar quando abaixo para pegar a chave. Coloco o celular no modo avião porque sei que, se ele vibrar mais uma vez, vou vomitar o chocolate que comi.

Dou passos rápidos até o elevador, depois até o Balada Mix do shopping. Avisto Clara sentada em uma mesa próxima à janela, digitando algo no celular e balançando a perna esquerda. Como se sentisse minha presença, ela ajeita os óculos e acena para mim. Não sorri.

— Oi — digo, me sentando na cadeira à sua frente. Pelo pouco que sobrou no copo deixado na mesa, acho que ela tinha tomado um suco inteiro de acerola enquanto me esperava.

— Belli. — Os olhos castanhos dela cravam nos meus. Ela nem pisca. — Temos um problema.

Respiro fundo. Sabia que seria a primeira coisa que ela ia me dizer.

— Os xis vermelhos — falo baixo, prestando atenção ao meu redor para ter certeza de que não tem ninguém xeretando nossa conversa.

— Já atingiram um monte de gente. Influenciadores de beleza, bem-estar, fitness... — Ela ergue a sobrancelha ao dizer a última palavra.

— Não chegou no Felipe ainda, chegou? — pergunto, segurando o cardápio com as mãos tremendo.

— Ainda não, mas é questão de tempo.

Clara vira a tela do celular para mim, e vejo um mosaico de fotos pretas e brancas com xis vermelhos em cima delas. Influenciadoras que conheço, com quem já fiz parceria, que admirava, todas riscadas. Amigas minhas. Outras nem tão amigas assim. Comentários revoltados nas fotos chamando-as de mentirosas, enganadoras, falsas.

Tiro meu cardigã e começo a abanar o rosto, sentindo aquela coceira desconfortável de novo. Faço sinal para o garçom nos atender e peço um suco gigante de abacaxi com hortelã. Tomo quase tudo em dois goles.

— Você já percebeu que isso está se espalhando mais rápido que um incêndio, né? — Clara diz, depois de pedir um sanduíche de filé com queijo e salada ao garçom. — Então temos que nos preparar para o pior.

Respiro fundo e prendo o cabelo em um coque, mas estou tão agitada que o solto logo em seguida. A coceira não passa.

— Você sabe de onde surgiu isso? — pergunto, depois de pedir minha salada de quinoa, beterraba e frango grelhado. Quinoa sempre fica ótima em fotos.

— Ninguém sabe. É algum hacker brasileiro, obviamente, que se infiltrou nos celulares de pessoas famosas e pegou informações confidenciais, como mensagens privadas, históricos de compras, procedimentos estéticos… — Ela ergue a sobrancelha novamente ao mencionar a última parte.

Chamo o garçom de novo e peço para ele uma porção de batata frita à parte.

— Sério, Belli? Num momento crítico desse? Podem estar te vigiando!

Olho em volta outra vez. Todos parecem estar ocupados com seus almoços e conversas paralelas.

— Eu estou nervosa, me deixa.

Clara revira os olhos. Continuamos monitorando meu perfil e os que foram "infectados" quando o garçom traz nossos pedidos. Tiro uma foto de cima da salada, que é mais bonita do que gostosa. Posto uma foto com a legenda *Almocinho pós-treino! #quinoa #amo #fococomabelli*. Deixo o prato de batata frita na frente de Clara e pego algumas discretamente com meu garfo.

Clara pega meu celular e começa a digitar com uma das mãos, enquanto usa a outra para segurar e morder o sanduíche.

— O que você está fazendo?

— Deletando todas as suas conversas arquivadas, histórico de pesquisa…

— Precisa disso? — Não queria perder as mensagens boni-tinhas que Felipe costumava me mandar quando começamos a namorar no ano passado.

— Todo cuidado é pouco. Você não quer um xis vermelho na foto da salada de quinoa e uma legenda dizendo que você comeu batata frita, quer?

Engulo, como se fosse cimento, a batata que eu estava mastigando. Empurro o prato um pouco mais para longe de mim. Tomo outro gole do segundo suco de abacaxi com hortelã que pedi. Esse dia não está sendo nem de perto o que eu esperava.

Depois de pagarmos a conta no restaurante, damos uma volta no shopping. O bom de passear com Clara ao meu lado é que ela consegue continuar falando pelos cotovelos enquanto me mantenho entretida com as vitrines. E *como* preciso de uma distração agora.

Subimos pela escada rolante e percebo, na escada ao lado, que duas adolescentes descem olhando para mim. Elas me lembram as meninas da academia mais cedo. Não sorriem, mas têm olhares curiosos. Parecem estar me julgando. Nossos olhares se cruzam, e eu desvio o meu na mesma hora. Tento abrir a bolsa para dar uma olhada no celular, mas desisto. Não quero ver. Como se o pior não pudesse acontecer se eu não checasse minhas notificações.

Aproveito que o shopping tem uma filial da Bananaprata, minha marca patrocinadora, e vou até lá fazer uma visita. Quem sabe consigo convencê-los amigavelmente a pararem de me mandar produtos com uvas-passas.

Abro a câmera frontal do celular e começo a gravar.

— Oi, pessoal! Vim fazer uma visitinha a essa loja que eu amo de paixão! — Viro a câmera para mostrar a fachada da loja, toda de madeira, com o logo escrito em azul-turquesa e bananas falsas penduradas em volta. — A Bananaprata é especialista em produtinhos naturais, veganos e muito gostosos!

Dou alguns passos e entro na loja, acenando para os vendedores que já me conhecem.

— Vamos ver o que há de bom aqui? Já estou com a cestinha pronta para levar um monte de coisa! — Começo a andar pela loja, filmando as barrinhas de cereal, os iogurtes, os bolos sem glúten e as castanhas a granel.

Estou no meio da gravação falando sobre os *chips* de queijo provolone para dieta *low carb* quando Clara me interrompe.

— Belli, para de gravar. — Ela coloca a mão na frente da câmera. — Para.

Sinto um calafrio. Sempre gravo tudo que quero na loja. Os vendedores são sempre gentis, adoram aparecer nos vídeos…

Só há um motivo para Clara interromper a gravação desse jeito. E sei exatamente qual é.

Viro de costas e vejo o Jonas, gerente da loja, ao lado do caixa e de testa franzida.

— Belli, tudo bem? — Ele tenta sorrir, mas percebo que está nervoso com os dentes cerrados. Faz sinal para que eu e Clara nos aproximemos.

Preciso que Clara me dê um empurrão de leve para andar até o caixa, porque não consigo mais raciocinar direito. Já sei o que está por vir. Não quero nem ver meu celular, muito menos tirá-lo do modo avião.

— Então… A gente vai ter que cortar seu patrocínio por um tempo. A gerente de marketing acabou de avisar.

— Isso é um absurdo! — Clara começa a gesticular. Nenhum som sai da minha boca. — Vocês não podem decidir isso sem falar comigo antes! Nós temos uma parceria e…

Jonas interrompe Clara e fala, com um olhar preocupado direcionado a mim:

— Postaram no seu perfil, Belli. Colocaram um xis horrível na sua foto com nosso açaí. Mudaram a legenda dizendo que você não emagreceu só comendo comidas naturais, que você fez lipoaspiração e tudo o mais.

Não consigo dizer nada. Nem me mover. Meus pés parecem pesar duas toneladas. O gosto amargo na boca volta de repente dez vezes pior. Não devia ter comido toda aquela batata frita.

Clara pega o próprio celular e arregala os olhos vendo a tela.

— O cancelamento está em várias páginas! — Ela começa a digitar freneticamente.

Sinto uma tontura. Não achava que seria tão rápido assim.

— Então, você entende, não é, Belli? A gente tem que proteger a marca.

— Os comentários estão pipocando! Merda! Merda! — Clara grita, assustando um casal comprando castanhas.

Minha visão fica turva. A voz de Clara parece apenas um zumbido agora. Jonas me olha assustado. O gosto na boca vai ficando cada vez pior, até que sinto algo subindo na minha garganta.

Clara sai marchando para fora da loja, gritando com alguém no celular e digitando algo com a outra mão no iPad. Jonas se aproxima de mim e coloca a mão no meu ombro.

— Belli, você está bem?

Minha nuca coça, as mãos estão tremendo, os olhos ardem e sinto o almoço subindo pela minha glote. Não consigo respirar.

— Belli, vem tomar uma água, vem.

Mas não consigo me mover a tempo. Agarro a primeira coisa na minha frente — a jarra de chips de provolone — e coloco a salada de quinoa, a batata frita e os dois copos de suco de abacaxi com hortelã para fora. Quer dizer, para dentro do vidro.

Não acredito que cheguei a esse ponto. Sentada em uma caixa na despensa da loja da Bananaprata, com uma das vendedoras segurando meu cabelo para cima, enquanto Jonas dá tapinhas solidários nas minhas costas e me diz para tomar toda a água do copo que me trouxe.

Não digo nada, apenas inspiro e expiro como Jonas me orienta. Várias perguntas surgem na minha cabeça: que recursos esses hackers usaram para descobrir minhas informações? Como conseguiram entrar no meu perfil? O que ganham com essa brincadeira de expor pessoas?

Clara entra na despensa. Seus óculos estão tortos, o rosto, vermelho e as pupilas, dilatadas.

— Postaram no do Felipe também. — Ela tem uma veia pulsando na testa tão protuberante que parece que vai explodir a qualquer momento.

Sinto um aperto no peito. Se para mim, que fiz lipoaspiração, está sendo ruim o suficiente, imagine para ele, que tem um contato da família que vai aos Estados Unidos uma vez ao mês e traz "suplementos especiais" que a Anvisa proíbe de serem vendidos na academia. Os pais devem estar loucos. É o nome da família que está em quatro academias espalhadas pelo Rio de Janeiro.

Se bem que não. Entre mim e ele, as chances de ele ser perdoado pelos internautas são infinitamente maiores. Mesmo a situação dele sendo levemente *ilegal*.

Levanto depressa e tiro o celular do modo avião. O aparelho começa a vibrar tão freneticamente que quase o derrubo no chão. Meu Instagram nem funciona direito com tantas notificações. Só vejo uma barrinha subindo e descendo e comentários do tipo "Falsa!", "Vaca!", "Puta!" "Merece processo!", vindo um atrás do outro, como pipoca estourando no micro-ondas.

Não param de surgir mensagens no WhatsApp também. Influenciadoras conhecidas minhas pedindo arrego, ou reclamando das minhas cirurgias, outras até perguntando o telefone do cirurgião.

Disco o número de Felipe e levo o celular ao ouvido. Não para de vibrar, parece que quebrou. Engraçado pensar que, na época que operei as coxas e a barriga, achei que não tinham me cobrado tão caro. Agora vejo que só custaram toda a minha credibilidade.

Felipe não atende. Deve estar surtando também. Pobrezinho. Tento outra vez. Nada. Sei que a última coisa de que ele precisa é mais mil mensagens pipocando em seu WhatsApp, mas ele precisa saber que estou aqui. Se for para enfrentar uma crise, que seja ao lado do meu namorado. Me conforta um pouco saber que estamos no mesmo barco. Pelo menos um não vai julgar o outro.

Envio uma mensagem breve dizendo que já estou sabendo de tudo que aconteceu e pedindo que ele me ligue quando puder. Que vamos superar isso juntos.

— Belli — Jonas diz para mim, tocando meu ombro. — Me desculpa mesmo por isso, mas eu preciso que você vá. Vai pegar mal para nós se nossos clientes verem você aqui...

Tenho tanta coisa na cabeça que nem me dou ao trabalho de discutir com ele. Nem preciso, pois Clara faz isso para mim. Ela xinga Jonas de todos os palavrões possíveis, empurra uma caixa de castanhas-do-pará no chão e sai marchando para fora da loja, me puxando pelo braço. Dá uma última olhada para Jonas e grita:

— Ela nunca gostou das suas uvas-passas!

Tenho uma súbita vontade de cair na gargalhada. As uvas--passas são horríveis mesmo. E não é como se fossem querer me patrocinar de novo.

Antes de desaparecer nas escadas rolantes em direção à garagem, ergo o pescoço e grito com todo meu fôlego:

— EU ODEIO UVA-PASSA!

Algumas cabeças se viram em nossa direção. Certas pessoas parecem reconhecer quem eu sou. Vejo uma menina andando com a mãe, que para ao notar que estou ali. Ela me olha decepcionada. A influenciadora que foi desmascarada. Não tenho tempo de me explicar para a menina, e logo Clara e eu desaparecemos no subsolo.

Ligo novamente para o Felipe no caminho de casa. Clara dirige meu carro. Confio mais nela nesse estado exaltado do que em mim. Sei que, se eu pegar no volante agora, corro o risco de guiar nós duas para um precipício.

No oitavo toque, finalmente ouço a voz dele.

— Oi, Belli.

— Oi, amor. — Sinto um quentinho no coração. Não imaginava que um simples "oi", até no tom desanimado dele, me faria tão bem nesse momento. — Como estão as coisas aí?

— Péssimas, né? Eu tô fodido de verde e amarelo.

Clara buzina com ódio para um ônibus que tenta nos ultrapassar. Vou pedir à Joana que faça um chá de camomila para Clara quando chegarmos em casa.

— Quer que eu passe aí mais tarde? — pergunto. — Eu também não sei o que fazer. Esses xis já me custaram meu maior patrocínio.

Felipe não diz nada, ouço apenas um som meio abafado do outro lado da linha.

— Posso levar aqueles brownies sem glúten de que você gosta. Ou com glúten mesmo, acho que a gente merece. — Dou um risinho.

— Não, Belli. Fica em casa. Preciso resolver isso aqui. Já chegaram uns processos na academia.

Clara freia bruscamente em um sinal vermelho. Que bom que me lembrei de colocar o cinto de segurança.

— Tem certeza? Não queria que você ficasse sozinho. Também acho que faria bem para mim estar com voc...

— Tenho que ir. Não vou conseguir jantar hoje. Tchau. — E ele desliga.

Isso me incomoda mais do que os últimos dez comentários me ameaçando. Como assim Felipe simplesmente desligou na minha cara? Não percebeu que *eu* também estou em crise? Que minha imagem foi para o beleléu? Que já devo ter perdido milhares de seguidores? Uma das primeiras coisas que fiz quando vi aquele xis foi me preocupar com ele. Pensei que seria recíproco.

Cruzo os braços e bufo. Então ele que lute sozinho.

Assim que chegamos em casa, peço para Joana preparar um chá de camomila e um bolo de cenoura com calda de chocolate. A cada segundo que passa e cada vez que percebo meu celular vibrando, sinto mais vontade de comer açúcar. É, até que os comentários me chamando de falsa têm um fundo de verdade. Lavo o rosto com água fria para ver se me acalmo. Não conseguiria reaproveitar a maquiagem que estava usando. Depois de vomitar e suar tanto de nervoso, ela já estava derretida.

— Belli, temos que arrumar um jeito de lidar com essa crise.

Eu me sento no sofá da sala enquanto Clara continua em pé. Tiro a rasteirinha que ganhei da Jorge Bischoff e cruzo as pernas. Encaro pensativa as pedrinhas azul-turquesa que enfeitam a sandália. Quantas marcas será que vão cortar a parceria comigo? Quantas vão fazer que nem o Jonas da Bananaprata e, em vez de me oferecer uma mão nesse momento difícil, vão me empurrar de vez do precipício?

— Belli! — Clara chama minha atenção, e desvio o olhar da rasteirinha. — Acho que você devia postar um recado para os seus seguidores.

Ergo a sobrancelha.

— Os mesmos que estão me chamando de "desgraçada", "maldita", e amaldiçoando os filhos que eu nem tenho?

— Acho que ficar em silêncio é pior. — Clara tira os óculos e os gira na mão pela haste. — Tudo bem que você divulgou informações falsas, mentiu sobre ter emagrecido com comida natural...

Pera aí, amiga, você é fã ou hater?

— Mas é algo que dá para contornar. Não é como a Babi Grado, que cavou a própria cova.

Nisso eu concordo com ela. Pelo menos não maltratei nenhum bichinho. Se tenho um ou outro casaco de pele no meu armário? Até tenho, mas pelo menos nesse quesito não fui burra e não os divulguei em nenhuma rede social.

— O que eu falo então?

Clara morde a haste dos óculos. Sempre faz isso quando está concentrada e nervosa ao mesmo tempo.

Depois de uns vinte minutos de *brainstorming*, chegamos a uma conclusão: vamos apostar na credibilidade das informações. Clara analisou alguns perfis de outras influenciadoras, e todas pareciam estar seguindo a mesma estratégia. Depois que desativei as notificações de todas as redes sociais, a calmaria me tranquilizou um pouco.

Respiro fundo e sinto o cheiro do bolo de cenoura da Joana assando no forno. Outro fator que acalma meus nervos. Abro a câmera do celular e aponto-a para mim, mas me assusto com o que vejo. Meu rosto está vermelho, meu cabelo, desgrenhado, a testa, suada e os olhos, esbugalhados. Estou pior do que se Ricardinho tivesse feito a pior série de exercícios da minha vida e se eu, ainda por cima, tivesse ido sem minha maquiagem básica para a academia.

Faço uma careta e me levanto.

Caça às bruxas | 53

— Aonde você vai? — Clara pergunta.

— Me maquiar — digo, sem paciência. — Não posso aparecer com essa cara horrível.

— Não faz isso não. Senta aí.

Não digo nada.

— Você está em um momento em que precisa de empatia dos seus seguidores. Acho que aparecer de cara lavada pode ser uma boa jogada. Mostra que você não está tão distante da realidade.

Reviro os olhos. Parece que Clara esqueceu que trabalha com uma influenciadora e que a internet é o lugar mais cruel que existe. Se você aparece com a maquiagem quase perfeita, mas tem uma espinha protuberante aparecendo nem que seja bem de leve, pode apostar que vai receber centenas de comentários rindo da sua cara por causa disso.

Mas, como a última coisa que quero é me arrumar para implorar o perdão dessa gente ingrata, concordo com ela. Volto a me sentar e abro a câmera do celular. Eu me lembro dos seis meses de aulas de teatro que fiz na época da escola e tento parecer o mais inocente possível.

— Oi, pessoal. Estou aqui, sem maquiagem nenhuma, para dar um recado importantíssimo para vocês.

Engraçado, não é a primeira vez que digo que estou sem maquiagem, mas é a primeira vez que realmente estou. Por mais louco que pareça, sinto cada vez menos raiva da pessoa que me expôs.

— Vocês já estão sabendo que alguém entrou no meu perfil e fez um post me difamando. Fizeram isso em vários perfis, de amigas minhas, inclusive. Eu só peço que não julguem nem nos ataquem sem antes ter certeza do que é realmente verdade. Pensem bem, quantos haters os influenciadores digitais têm? A gente não pode acreditar em tudo que vê na internet. E, poxa, gente, vocês estão comigo esse tempo todo... gente que me acompanha desde que criei este perfil há quatro anos, gente que me disse que emagreceu com as minhas dicas, que conseguiu ter uma vida mais saudável... Vão me deixar na mão por causa de um hater? — Olho profundamente para a câmera. Por um instante, tinha me esquecido de como era boa nisso. — Obrigada a todo mundo que continua me apoiando e não acredita nessas acusações horríveis. Vocês fazem tudo isso valer a pena. Amo vocês. Vamos sair dessa. Beijão! — Mando um beijo para a câmera e a desligo.

Clara bate palmas. Devo boa parte disso a ela. Não estaria onde estou hoje sem as orientações dela. Ela é quem tem doutorado em Marketing e Comportamento do Consumidor de Mídias Digitais. Gestão de crise é com ela mesma.

Posto o vídeo e sinto um peso saindo das costas. Quer dizer, parte dele. Outra parte de mim me repreende por continuar com essa farsa que tenho pregado desde que comecei a fazer procedimentos estéticos. Bem, não adianta remoer, agora tenho que esperar para ver se dá certo.

Alguns minutos depois, Joana avisa que o bolo de cenoura está pronto. *Oba.*

Enquanto lambo o resto da cobertura de chocolate que ficou na colher, dou uma olhada no perfil de Felipe. Ele não postou nada desde nossa foto hoje de manhã, antes da epidemia. Várias fotos dele estão com xis vermelhos. Fico impressionada com a descoberta do hacker sobre os suplementos. Nem a própria segurança do aeroporto suspeitava. E pelo visto, segundo o post, seu pai estava metido em um esquema de lavagem de dinheiro para as academias. Talvez os dois estivessem interligados. Entendo o motivo de ele estar surtando.

Não consigo parar de me perguntar o que essa pessoa está ganhando com toda essa confusão. Dinheiro com suborno? Ou será que só quer ver o circo pegar fogo?

Dou meu celular para Clara, porque não estou preparada para a enxurrada de comentários que está por vir. Sei que terão os que vão me apoiar, os que vão continuar me criticando, os indecisos... Sei que é minha responsabilidade, mas parte de mim está cansada disso tudo. Começo a ponderar se esses xis vermelhos na minha cara talvez sejam um sinal para repensar algumas escolhas da vida.

Ligo a TV e procuro um filme bem idiota para passar o tempo sem muito estresse. Clara me dá uma bronca, dizendo que eu deveria estar vendo o *Jornal Hoje* para saber se anunciaram algo sobre esse *stalker* virtual, mas não estou com a mínima vontade. Quero apreciar um pequeno momento de alienação da realidade. Não consigo lembrar quando foi a última vez que evitei meu celular como se fosse um pedaço de carvão em brasa.

Clara analisa os comentários, mas não consegue chegar a uma conclusão exata. Está tudo muito confuso para todo mundo. Acho que precisamos de mais tempo, talvez de um dia, até a poeira baixar, para então pensarmos em uma estratégia melhor.

Depois de algumas horas, Clara diz que vai para casa descansar. Graças a Deus. Preciso de um tempo longe dela digitando freneticamente e falando dez palavras por segundo. Preciso descansar também, longe do celular. Minha cabeça está explodindo.

Coloco uma roupa mais confortável — uma camiseta velha e short de elástico —, prendo o cabelo e me deito na cama. Penso em mandar uma mensagem para Felipe para ver como estão as coisas, mas sinto que serei ignorada solenemente. Vou dar mais um tempo para ele.

Tento ficar longe do celular, mas não resisto: desbloqueio o aparelho e meu dedo vai direto para o ícone do Instagram, mesmo estando apavorada com o que posso encontrar: mais de mil comentários de pessoas dizendo que mereço tudo de pior nesse mundo; influenciadoras tentando se desculpar ou contornar a situação; parcerias canceladas; xis vermelhos por todo canto. Deixo o aparelho na poltrona de forro azul-claro perto da porta, desligado, longe do meu alcance. Fecho as cortinas e me deito na cama, tentando espairecer. Estou tão esgotada mentalmente que não demora muito para meus olhos pesarem e eu pegar no sono.

Já está escuro lá fora quando acordo do cochilo. Confiro meu relógio de pulso rosé da Swarovski — uma das parcerias mais queridas que tenho, espero que não tenham me cortado também — e vejo que são nove e cinquenta da noite. Eu me espreguiço, um pouco grogue. Será que foi tudo um pesadelo? Quem me dera.

Tudo que eu mais quero é jogar meu celular na privada e dar descarga, mas sei que alguma hora vou ter de conferir se meu vídeo deu certo ou se o tiro saiu pela culatra.

Encaro o celular jogado na poltrona por alguns segundos, tentando criar coragem. Eu o pego com cuidado, como se o tivesse deixado no sol e estivesse superaquecido.

Vamos, Belli. Você consegue. O que tiver que ser será.

Abro meu Instagram, e a primeira coisa que me chama a atenção não são os milhares de comentários novos, mas a nova postagem no meu perfil. Não é nenhum xis vermelho e uma legenda maldosa, mas um vídeo. Nele, vejo um rosto desfocado, mas identifico que é de uma moça jovem e de cabelos loiros. Obviamente não sou eu, então clico no vídeo e aumento o volume, curiosa:

—Vocês devem estar se perguntando de onde surgiram esses posts atacando os perfis dos influenciadores. Vi um monte deles aqui tentando se explicar dizendo que são mentira, calúnia, que deve ser só alguém desocupado e com inveja do sucesso deles querendo se aproveitar.

Não vou mentir, pensei isso, sim. Pela voz, que não tem nenhuma edição,a moça parece ter minha idade, uns vinte e muitos anos. Continuo assistindo ao vídeo com atenção.

— Fui eu que invadi os perfis. Sou engenheira e programadora, então, sim, consegui informações dos celulares deles. Engraçado é que consegui a maioria delas simplesmente nas próprias redes sociais, em postagens antigas. As pessoas realmente deveriam ler os termos e condições quando entram na internet. Ou, se vão criar um personagem, que sejam coerentes.

Sento na cama de pernas cruzadas. Minha boca está seca.

— Óbvio que não vou revelar meu rosto porque prevejo um monte de gente milionária querendo me processar e me extorquir. Ao contrário dessas pessoas, não fiz isso por dinheiro. Não fiz isso para humilhar ninguém gratuitamente. Só quero evitar que o que aconteceu comigo se repita.

Clara interrompe o vídeo me ligando, mas clico em Ignorar chamada no mesmo instante. Nada nesse mundo vai me impedir de ver esse vídeo até o fim.

— Eu costumava não me importar com a aparência tanto assim. Nunca tive um corpo considerado padrão ou a pele perfeita, mas não ligava tanto pra isso. Depois que saí da adolescência, com o fenômeno das redes sociais e de influenciadores de todos os estilos ditando comportamentos e uma imagem ideal a alcançar, comecei a ficar obcecada. Segui as "dicas" — ela faz o sinal de aspas com as mãos — de dieta de vários deles, produtos de cabelo e pele, maquiagem e tudo o mais. Acreditava que eram sinceros, *que realmente usavam os produtos que anunciavam e seguiam o que ensinavam.*

Olho meu próprio reflexo no espelho em frente à cama. O cabelo desgrenhado, as olheiras aparecendo, a boca com uma cor pálida.

— *Bem, não atingi o resultado que esperava. Eu me privei de muitas comidas de que gostava, demorava para me arrumar, estraguei meu cabelo com uma quantidade absurda de química que usei... Estava infeliz. Insatisfeita. E ver aquela gente propagando todo dia como era fácil ter uma vida perfeita e invejável foi me destruindo. A ponto de me causar um transtorno alimentar e psicológico. Não conseguia parar de me forçar até o limite para alcançar algo impossível.*

Eu me encosto nas minhas almofadas de pelúcia roxas. Nem pisco. Estou hipnotizada.

— *A verdade é que precisei de muita terapia e esforço diário para voltar a amar meu corpo, minha imagem, eu mesma. As redes sociais se tornaram uma droga para mim, que precisei cortar como se tivesse em reabilitação. Felizmente, saí do fundo do poço. Fui para a faculdade, me formei com menção honrosa e hoje em dia sou feliz de novo. Mas sei que há muitas meninas e meninos como eu por aí que, graças a essa ditadura de influencers, estão passando por um momento terrível. Fiz isso por eles. Desmascarei essa falsidade que somos obrigados a ver todos os dias para libertá-los. É tudo mentira. Ninguém é feliz e pleno o tempo inteiro. Todo mundo tem defeitos, inseguranças e segredos.*

E a tela fica escura.

Sinto uma lágrima escorrendo no meu rosto. Depois mais uma. Mais outra, até que começo a chorar copiosamente. Fico sem ar. Meu nariz está escorrendo, meu queixo não para de tremer. Chego a gritar.

Não estou chorando porque minha imagem foi destruída. Nem por mim, Felipe ou pelas outras influenciadoras. Nem ao menos por pena da menina pela história. Mas porque concordo com ela. Concordo com a pessoa que revelou para a internet inteira que sou tóxica e que o mundo seria melhor sem mim.

Eu me acalmo depois de alguns minutos. Meu reflexo no espelho não me incomoda mais tanto assim. Imagino que, se estivesse toda produzida como sempre, minha maquiagem estaria toda borrada e escorrendo.

Deito a cabeça no travesseiro e encaro o teto por um tempo. Não digo nada, só escuto o som dos carros passando na rua pela janela fechada. Meu celular não para de vibrar, mas não me importo mais com isso. Já não sei nem mais há quanto tempo estou deitada. Meia hora, uma hora talvez.

Resolvo, enfim, me levantar e dar mais uma olhada no Instagram. Vejo que o mesmo vídeo foi postado em todos os perfis invadidos. Um vídeo fez a internet inteira parar. E tudo começou com um xis vermelho.

Clara não para de me ligar. Ela deve estar quase infartando. Eu deveria estar também. Essa garota cavou minha cova e fez o favor de jogar até terra dentro. Mas, não. Estou calma. Em choque, mas calma.

Ignoro a quinta ligação de Clara e procuro o perfil do Felipe no Instagram. Sei que vou encontrar o mesmo mosaico vermelho e o vídeo, mesmo assim quero ver com meus próprios olhos.

Nada aparece. Digito de novo, para ter certeza de que não digitei errado. Nada.

Rio sozinha. Então essa foi a estratégia dele, sumir. Vou admitir que não é uma ideia ruim. Procuro alguns outros perfis, como Babi Grado, Lu Costa e aquela atriz da Globo que divulgou a bichectomia. Todas sumiram do mapa, como se nunca tivessem existido.

Desço a escada de casa em silêncio, não quero acordar a Joana caso ela já esteja dormindo. Mesmo descalça, cada passo que dou parece ecoar de tão silenciosa que a casa está. Sorrio. Gosto do silêncio.

Abro a geladeira e pego uma fatia do bolo de cenoura que sobrou de hoje à tarde. A cobertura de chocolate fica ainda mais gostosa gelada. Eu me sento no chão frio de mármore da cozinha e resolvo atender à ligação de Clara antes que ela exploda.

— ISABELLI VIDAL, ONDE VOCÊ ESTAVA?

Afasto o telefone do ouvido para não ficar surda.

— Você não entendeu a gravidade da situação? Transformaram você em vilã, estão te atacando e atacando todas as...

— Clara — digo em voz baixa. — Eu vi. Já estou sabendo.

— Então eu vou praí agora para a gente conversar e dar um jeito de reverter isso! Vou contratar alguém para rastrear de onde veio o vídeo e...

— Clara — digo o nome dela, agora um pouco mais devagar. — Não precisa fazer nada. Vamos esquecer essa história.

— Belli, você não está entendendo!

— Estou, sim. — Encosto as costas na geladeira. — Eu já sei o que tenho que fazer. Agradeço por tudo que você fez por mim, mas não vou mais precisar de você.

Clara fica em silêncio por apenas alguns segundos, que parecem durar uma eternidade. Por um momento, tenho receio de que ela tenha desmaiado com o telefone na mão. Mas logo ela volta a falar, com a voz menos afobada, porém trêmula:

— Como assim?

— Já tomei minha decisão.

— Peraí, vamos pelo menos conversar!

— Obrigada por tudo, de verdade.

— Belli!

Encerro a ligação. Abro meu perfil do Instagram, clico nas configurações e desço a página até o final. Há duas palavras escritas em vermelho, palavras que me causavam arrepio, que eu evitava ler com medo de clicar por engano.

Penso no vídeo. No rosto desfocado. Na voz jovem e nos cabelos loiros. Não sei quem ela é nem seu nome, mas sei que existem milhares como ela por aí. Milhares que me seguem. Que me viram e ouviram por tanto tempo.

Clico nas palavras vermelhas. Um reloginho aparece na tela, carregando por três segundos. Pronto. Feito.

Desligo o celular.

Deixo-o no chão e volto a comer o bolo de cenoura.

Gosto do silêncio.

EU ACEITO OS TERMOS DE USO

O rapaz com gravata-borboleta, suspensórios e camisa social branca não precisou dizer uma palavra. Bastou aproximar a bandeja com as taças cheias para André agarrar uma delas como se estivesse no deserto e elas fossem a única fonte de água. A base da taça erguida esbarra em uma das outras e quase causa um efeito dominó, mas o garçom é rápido e consegue equilibrá-las. André não pede desculpas. Dá um gole demorado e sente a garganta formigando com o gás do espumante. Não é sua bebida favorita, mas cumpre seu propósito: tornar aquela noite um pouco mais agradável.

Não que esteja sendo péssima. Afinal, a empresa havia batido seu recorde de lucro e não poupou gastos. André já está empanturrado do medalhão de carne com arroz à piamontese, macarrão ao molho *funghi* e canapés que comeu no bufê livre, mas não resiste cada vez que o garçom passa ao seu lado com um risole de camarão. A bebida também é liberada, e ele não vê a hora de o rapaz do whisky voltar com mais uma garrafa de Red Label. O local alugado para a festa de fim de ano, chamado

Mansão Carioca, faz jus ao nome. Seria muito fácil se perder no meio de tanta gente vestida como se estivesse em um casamento, dançando ao som da banda vencedora do reality-show *Superstar* daquele ano. Parte dele não acharia ruim desaparecer no meio daquela gente.

Está no meio da história sobre o cliente exigente que atendeu no dia anterior, quando alguém o interrompe pela quarta vez. Uma mulher na faixa dos sessenta anos, com o cabelo preso em um emaranhado de grampos e um resquício de batom vermelho no dente, cutuca o ombro de Vanessa, fazendo-a se virar.

— Nossa superestrela! — A mulher envolve os braços ossudos em volta do pescoço da moça.

Vanessa lança um olhar rápido a André, como se estivesse pedindo desculpas. Ele finge um sorriso e murmura "Sem problemas". Está feliz por ela, de verdade. Vanessa é brilhante, a mulher mais inteligente que ele já conheceu. Não está na empresa há tanto tempo assim e já foi promovida a gerente da equipe de inovação de produto. Ele imaginava que teria de dividir a atenção da namorada com todos os admiradores dela — que não eram poucos —, mas não sabia que ela seria tão disputada a ponto de ele não conseguir terminar uma mísera história de dez minutos.

Depois do longo abraço, Vanessa consegue se soltar e volta a atenção a André.

— Amor, essa é a Vânia, do marketing. Vânia, esse é meu namorado, André.

— É um prazer te conhecer. — Ela dá dois beijos na bochecha de André, que tenta não encarar o dente sujo. — Você tem muita sorte, viu? Essa menina é um anjo. — E passa a mão nos cabelos escuros de Vanessa, que sorri, sem graça.

— Também acho. — Ele sorri e segura a mão da namorada.

— Você trabalha com o quê, André? — Vânia pergunta, dividindo a atenção entre ele e o garçom com a bandeja se aproximando.

— Trabalho na área comercial numa agência de intercâmbio.

Os três pegam quibes quando o rapaz passa ao lado.

— Interessante. — Ela assente entre mordidas no salgadinho.

— Não é ruim. — Ele limpa as mãos no guardanapo de papel que veio com o quibe. — Mas não estou criando nenhum robô futurístico que vai mudar o mundo — ele diz, dando de ombros.

As duas dão risada. A de Vânia bem mais forte que a de Vanessa.

— Bem, não vou mais atrapalhar. É um prazer te conhecer, André. — Ela sopra um beijo, depois dá mais um abraço em Vanessa. — Parabéns, minha querida. Você tem um futuro brilhante.

— Desculpa, amor — Vanessa diz, depois que Vânia já estava longe. — Onde você parou, mesmo?

André olha em volta para ter certeza de que mais nenhum fã de Vanessa vai aparecer para lhe dar os parabéns ou falar como ele é sortudo. Em seguida, continua:

— Então, o pai do menino não parava de insistir para que eu aumentasse o desconto, ficou umas duas horas reclamando no telefone, e enquanto isso eu nem tive tempo de…

A banda termina o último acorde do *cover* de "Tempo perdido", da Legião Urbana, e uma voz, que não é da cantora, se projeta do palco.

— Boa noite, pessoal. Eu sei que vocês estão aproveitando muito essa festa maravilhosa, mas queria pedir um minutinho da atenção de vocês.

Ah, que se dane, André pensa, buscando as últimas gotas do champanhe na taça que segura. Não é uma história interessante,

Eu aceito os termos de uso | 65

no fim das contas. Todos em volta do casal, no espaço aberto da Mansão Carioca, viram a atenção para o palco, inclusive Vanessa.

— Para quem não me conhece, eu sou o Fábio, diretor-executivo do escritório da Borneo aqui no Rio de Janeiro.

Aplausos e assovios tomam conta do recinto. André nota que a maioria deles vem das mulheres. Vanessa lhe contou que Fábio faz sucesso no escritório. Cinquenta e dois anos, solteiro, acorda às cinco da manhã todo dia para surfar antes de trabalhar e sempre tem a barba grisalha perfeitamente aparada.

— Queria só tirar um momento para agradecer a essa equipe incrível que eu tenho o prazer de ter comigo. — Ele aponta com a mão aberta para a plateia. — Tenho muita sorte de ter tanta gente dedicada, sempre disposta a inovar e trabalhar em conjunto para desenvolver as melhores tecnologias. Aplausos para vocês, vocês merecem.

Mais uma chuva de aplausos. André não quer admitir, mas o terno azul-escuro de Fábio está impecável. Nem um centímetro amassado e destaca seus braços definidos. Parece ter sido feito sob medida.

— Queria compartilhar também uma ótima notícia: não só batemos a meta de lançamento do nosso mais novo produto, como vamos lançá-lo três semanas antes do esperado! Me digam se não é a melhor empresa do Brasil? — Ele abre um largo sorriso com seus dentes perfeitamente brancos, depois espera os "uhus" da plateia diminuírem um pouco para continuar. — Ágata, nossa assistente pessoal de inteligência artificial, já está sendo um sucesso na mídia. Agradeço a todos vocês por fazerem isso acontecer, e, em especial, a uma pessoa.

Ah, lá vem, estava demorando, esta é a primeira coisa que surge no subconsciente de André. *Onde está o maldito garçom com o maldito Red Label?*

— Nossa gerente de inovação de produto, que virou várias noites e motivou sua equipe de um jeito que eu nunca vi: senhoras e senhores, aplausos para Vanessa Gregório!

As luzes em cima do palco se direcionam ao casal, e André tem de colocar a mão em cima dos olhos. Vanessa parece chocada e, por um momento, não esboça reação. Precisa que algumas pessoas ao redor deem tapinhas nas suas costas dela e a parabenizem para perceber que Fábio tem a mão estendida para ajudá-la a subir ao palco.

André lhe dá um beijo na bochecha e sussurra: "Parabéns". Ela é levada ao palco, com um coro de pessoas cantando "Va-nes-sa! Va-nes-sa!" e aplaudindo. Ela ergue a barra do vestido verde-claro para subir os degraus e é cumprimentada por Fábio, que coloca a mão em seu quadril e beija suas bochechas. Constrangida, ela segura o microfone.

— Nossa... Eu nem sei o que dizer. — Ela ri de leve e começa a agradecer aos colegas e a Fábio, que ainda está perto demais dela, pela oportunidade de trabalhar em um projeto tão incrível.

André não pode negar que, além de inteligente e dedicada, Vanessa é extremamente charmosa. Não é difícil se apaixonar por ela. Lembra-se de quando a viu pela primeira vez, em uma festa de amigos em comum. Ela estava linda, com seu cabelo cheio e escuro com cachos perfeitamente moldados, seus lábios grossos pintados de vermelho, as covinhas nas bochechas, a facilidade de conversar com qualquer um ao seu redor e fazer todos rirem. Ele, por outro lado, tímido desde sempre, precisou pedir a um amigo que o apresentasse a ela, porque a achou tão bonita que se sentiu intimidado. Até hoje não consegue acreditar que estão prestes a morar juntos, um ano depois.

— Esse homem me dá nojo.

André ouve uma voz atrás dele. Vira o pescoço e vê um rosto familiar. Bochechas magras, uma espinha no queixo, um gorro verde-escuro cobrindo o cabelo, óculos quadrados. Ele lembra vagamente um dos que vieram parabenizar Vanessa mais cedo. Tem quase certeza de que é um de seus estagiários.

— Esse aí acha que, só porque é o chefe, pode ficar tocando nas mulheres assim.

— Ele faz isso no escritório também? — André não consegue deixar de perguntar. Percebe que Fábio continua próximo demais de Vanessa, mesmo o palco tendo espaço suficiente.

— Faz. Nem disfarça. Principalmente nela.

André aperta os punhos.

— Mas, como ela é educada, não diz nada — o garoto continua. — Ri das piadas dele, é sempre simpática. Uma mulher tão inteligente dessas sendo tratada como um pedaço de carne.

André não diz nada, mas concorda cem por cento.

— Você tem muita sorte de tê-la como namorada. Nunca conheci uma mulher tão incrível. Linda por dentro e por fora.

André assente. A conversa não o agrada muito. O garoto continua:

— Se eu fosse você, tomaria cuidado.

André vira-se de volta para o palco antes que seu instinto fale mais alto e ele corra até lá e arranque Vanessa das mãos do chefe sem-vergonha. As palavras do estagiário da namorada não foram nada reconfortantes. Agora, mais do que qualquer coisa, deseja estar em casa, onde não precisa dividir Vanessa com mais ninguém.

— É isso. Muito obrigada!

Vanessa termina seu agradecimento, e seus olhos encontram os de André. Ele abre um sorriso e bate palmas para demonstrar seu apoio, no entanto, a mente só consegue pensar em duas coisas: a mão de Fábio apoiada novamente nas costas dela, enquanto ela anda até os degraus, e o fato de que ela mencionou várias pessoas em seu discurso, menos André.

— Ágata, acorda.

Vanessa e André estão sentados de pernas cruzadas no tapete do apartamento recém-adquirido. A maioria dos pertences ainda está encaixotado, mas uma das primeiras coisas que Vanessa quer estrear é seu aparelho de inteligência artificial. Foi uma grande conquista, afinal.

Bastou Vanessa dizer o comando uma vez, e uma luz azul acendeu em volta do pequeno cubo branco. Não conseguindo conter a alegria, Vanessa agarra o braço de André e sorri toda boba.

— Olá, eu sou a Ágata, sua assistente pessoal — o cubo diz, em um tom de voz amigável, que, para a surpresa de André, não soa nem um pouco robótico. — Qual é seu nome?

— Vanessa. E... — Ela olha para André e aponta para o aparelho com a cabeça.

— E André.

— Prazer em conhecê-los, Vanessa e André.

A luz ao redor de Ágata fica mais forte, e uma melodia de duas notas ascendentes toca rapidamente.

— Ela acabou de gravar as nossas vozes — Vanessa explica. — Agora olha isso, que demais.

Vanessa pega o próprio celular e abre o aplicativo baixado recentemente — também chamado Ágata, cujo logotipo é um cubo branco.

— Ágata, quero sincronizar meu celular.

— Ok, Vanessa. Por favor, me diga o código de seis dígitos que você vê no seu aplicativo.

— Oito, três, cinco, seis, seis, um — Vanessa lê em voz alta.

A luz ao redor de Ágata se acende novamente, e ela toca a mesma curta melodia.

— André, você deseja sincronizar seu celular?

Ainda um pouco surpreso com o tom de voz tão natural do cubo, André abre o aplicativo que foi instruído a baixar mais cedo naquele dia. A primeira coisa que apareceu após o download foi uma bíblia de termos e condições, os quais era necessário aceitar para continuar. André clicou em "Aceito", sem ler, como sempre fazia, mas pela primeira vez teve um mau pressentimento quanto a isso. A animação de Vanessa, porém, era tanta com sua conquista que ele sabia que precisava dar-lhe apoio. E não era como se ele não soubesse que todos os seus aplicativos já haviam coletado todos os seus dados.

Um pouco apreensivo com as palavras *sincronizar o celular* — parece um compromisso bem sério —, André dita em voz alta o conjunto de seis números que vê.

— Obrigada! Em seus celulares, vocês podem a qualquer hora selecionar quais aplicativos querem sincronizar comigo.

Isso deixa André um pouco mais aliviado. Mesmo Vanessa tendo sido responsável por grande parte do desenvolvimento do aparelho de inteligência artificial, saber que pelo menos ele pode ter controle de alguns de seus dados já o faz se sentir mais à vontade com Ágata.

O casal passa o restante do dia desempacotando caixas e testando as funções de Ágata. Sincronizam as agendas dos celulares e os cartões de crédito e pedem a ela que compre ingressos para o cinema no próximo domingo, às quinze horas. André pergunta como estará o tempo no fim de semana, e

Ágata afirma que fará vinte e nove graus no Rio de Janeiro — ideal para ir à praia.

Depois de algumas horas, os dois ficam com fome, e Vanessa conclui que sua mais nova aquisição será perfeita para solucionar o problema. Ágata já havia anotado a lista de compras de mercado que o casal faria no dia seguinte, e agora era sua vez de recomendar restaurantes bem avaliados na região Copacabana/Ipanema.

— Certo, Vanessa. O que você gostaria de comer?

Vanessa e André se olham, conversando por pensamento.

— Pizza? — André sugere.

Vanessa coloca a mão no queixo, pensativa.

— Hambúrguer? Ouvi falar de uma hamburgueria que abriu recentemente na Zona Sul.

— Não sei... — Ela olha para o cubo branco, que parece estar esperando uma resposta definitiva. — Sushi?

André concorda. A fome está falando mais alto.

— Ágata, recomenda para mim bons restaurantes de sushi aqui perto.

Por fim, os dois escolhem o segundo restaurante recomendado pela assistente virtual: Koi Sushi — 4,3 estrelas no TripAdvisor, entrega em trinta e cinco minutos e preço razoável.

— Ágata — Vanessa a chama de novo. —, me recomenda um vinho tinto, seco, bem avaliado no Vivino e que não seja caro?

Em poucos segundos, Ágata lista cinco vinhos que são exatamente como Vanessa pediu. Todos disponíveis em mercados próximos de onde eles estão e com possibilidade de entrega a domicílio.

André observa Vanessa se divertir com as funcionalidades do aparelho e não consegue deixar de sorrir. Tem de admitir que o cubo branco é realmente impressionante. Vanessa e a equipe fizeram um bom trabalho.

A recomendação de Ágata para o restaurante dá certo: o pedido chega no tempo esperado e está tudo muito gostoso. Os dois dividem um combinado de trinta peças variadas e um vinho tinto do mercado mais próximo. Mesmo tendo de comer sentados no chão e tomar o vinho em caneca — as taças ainda estão guardadas em uma das intermináveis caixas —, a noite acaba sendo divertida.

Depois de ter tomado metade da garrafa, André já se sente mais confortável, mesmo ainda achando um pouco estranho um pequeno objeto ter acesso a tantos de seus dados.

— Você está linda. — André acaricia a bochecha de Vanessa delicadamente e lhe dá um beijo.

— Obrigada. — Vanessa sorri. Suas bochechas estão um pouco vermelhas, como ficam sempre que bebe vinho, o qual já está começando a fazer efeito, pois Vanessa vira o rosto para o cubo branco e diz, um pouco alto demais: — Ágata! Coloca a minha playlist "Músicas românticas". — E dá uma piscadela para André.

As luzes ao redor do cubo se acendem novamente e "Velha infância", dos Tribalistas, começa a tocar.

— Você é assim, um sonho pra mim… — Vanessa canta junto, um pouco fora do tom.

André acha graça. Chega mais perto de Vanessa, abraça-a de lado e dá um beijo em sua testa. Olha em volta da sala daquele apartamento pequeno e cheio de caixas. Não vê a hora de criar memórias ali. Os dois irão decorar a casa de seu jeito, receber amigos, ter sua privacidade… Quem sabe um dia até construir uma família.

Vanessa se solta do abraço e se levanta. Ainda cantando, estica os braços para o namorado e começa a mexer os pés de um lado para o outro. André revira os olhos, de brincadeira.

Nunca gostou de dançar e, para ser sincero, preferia continuar sentado, mesmo não tendo ninguém ao redor para julgar sua falta de jeito. Mas Vanessa — já um pouco alegre por causa do vinho — não parece que vai deixá-lo escapar dessa tão fácil. Faz beicinho e estica os braços ainda mais, tocando os ombros dele.

— Tá bem. — André se levanta e coloca as mãos na cintura de Vanessa, que dá um risinho satisfeito. Vanessa tenta sincronizar seus passos com os de André, mas acaba pisando no pé dele algumas vezes. Cada vez que faz isso, ri mostrando todos os dentes. Mesmo quando se atrapalha, é charmosa. Ao contrário de André, que fica tenso mesmo com o passo de dança mais simples de todos: mover os pés de um lado para o outro.

A próxima música da lista, "Every Breath You Take", da banda The Police, começa a tocar, e André, querendo agradar a namorada, levanta o braço para que ela dê uma rodadinha. Vanessa coloca as mãos no pescoço dele e aproxima o rosto até as testas se tocarem. O tempo parece passar mais devagar, quase em câmera lenta. André adora não ter de dividir a atenção de Vanessa com mais ninguém. Estar ali, só os dois, dançando em seu novo apartamento, é tudo que ele poderia desejar.

Até a música ser colocada no volume mínimo de repente e dar lugar a um aviso vindo de Ágata:

— Vanessa, você tem uma mensagem nova de Fábio.

A música volta a tocar, mas os dois param. André tenta esconder o desgosto imediato e vê a hora no relógio de pulso.

— São dez e meia da noite — ele comenta, mas queria ter completado: *Quem esse cara pensa que é para ficar te mandando mensagens a essa hora?*

— Pois é, que estranho... — Vanessa franze a testa e olha em volta, procurando o celular. — Deve ser importante.

Ou ele deve estar bêbado, tocando uma e pensando em você. O pensamento faz André estremecer. Ele morde os lábios e fica quieto.

Vanessa encontra o telefone em cima de uma das caixas e abre a mensagem. A tensão em seu rosto logo se esvai.

— Ai, que susto. Pensei que tinha dado algo errado com o lançamento, mas não é nada de mais.

— O que é então?

— Besteira. — Ela ri, sozinha. André continua sério, sem saber como reagir.

Vanessa apoia os braços novamente no pescoço de André e o puxa mais para perto, voltando a dançar. André a princípio fica parado, mas depois volta a mexer os pés. Só que agora não consegue mais prestar atenção na música. A voz de Ágata dizendo que Vanessa recebeu uma mensagem do chefe tarde da noite domina seus pensamentos por completo.

— Ufa. — Vanessa se senta no sofá recém-chegado. Está tão cansada que nem se deu ao trabalho de tirar o plástico protetor. Seu rosto está vermelho, e a testa, suada. Passou a manhã inteira tirando roupas, sapatos, pratos e copos de caixas de papelão e depois jogando-as fora. Também limpou a poeira já acumulada do chão e organizou os eletrodomésticos que tinha na cozinha.

André, encarregado de limpar os vidros, organizar os armários e ajudar os rapazes da mudança a subirem com o sofá, trouxe sua cafeteira portátil do antigo apartamento e se ofereceu para fazer um café para os dois. Vanessa nunca foi fã do café que André fazia, pois sempre ficava amargo. Mas sem muitas forças para negar, ela apenas assente e joga a cabeça para trás, fechando os olhos.

— Já progredimos bastante — André diz, sentando-se ao lado de Vanessa e lhe entregando uma caneca de café recém-passado. Toma um gole e olha em volta da sala que vai ficando cada dia menos vazia, conforme as coisas de seus antigos apartamentos vão chegando.

— Verdade. — Vanessa toma um gole do café amargo de André e se esforça ao máximo para não fazer careta. Mas falha.

— Muito ruim? — André abaixa a cabeça.

Vanessa pensa um pouco, mas não diz nada. Ela se aproxima do namorado e lhe dá um beijo na testa.

— Você fez com amor, é isso que importa. — Ela sorri e se força a tomar mais um gole. — Por favor, não se ofenda com o que eu vou fazer agora.

André ergue a sobrancelha.

— Ágata? — Vanessa chama, e o cubo branco, agora em cima da mesa de jantar, se acende. — Pode me dizer qual é a previsão de entrega da cafeteira que eu encomendei na Borneo?

As luzes azuis do cubo dançam ao seu redor, como se Ágata estivesse conferindo o pedido. Alguns segundos depois, a voz responde:

— Sua cafeteira expressa Gosto Doce 2024 está prevista para ser entregue na terça-feira, dia 13.

Vanessa sorri, satisfeita. Ela se vira para André e pergunta:

— Está sentindo falta de mais alguma coisa?

André tenta enxergar a cozinha de onde está, mas precisa se levantar para ver melhor, pois a porta entreaberta cobre um pedaço.

— Tem a torradeira que você me fez jogar fora — diz, com uma pitada de mágoa.

Não entendeu por que Vanessa insistiu em comprar uma torradeira nova na Borneo, sendo que André tinha uma que funcionava perfeitamente. Tudo bem que estava um pouco velha e começando a enferrujar embaixo e demorava um pouco mais do que o normal para torrar o pão, mas ainda funcionava. No fundo, imaginava que Vanessa queria aproveitar o desconto de funcionária da empresa.

— E uns abajures também — Vanessa completa.

Antes que André se ofereça para conferir o apartamento, Vanessa chama a assistente virtual novamente.

— Ágata, quais itens que eu encomendei na Borneo ainda não chegaram?

As luzes de Ágata giram outra vez, e ela logo em seguida responde:

— Estão para chegar a cafeteira expressa Gosto Doce 2024, dois abajures Liphip 220 volts com lâmpadas inclusas, a torradeira Smug vermelha, o conjunto de quatro taças de gim Dunes e a gravata azul-petróleo Le Faustin.

André olha para Vanessa, confuso com o último item. Ele se lembra de todos os anteriores, mas nunca tinha falado de gravata nenhuma com a namorada. A menos que fosse um presente que Vanessa pretendia dar a ele de surpresa, mas que acabou de ser estragada por Ágata. Era só Vanessa ter olhado o carrinho de compras no celular. Para que precisava de um cubo eletrônico listando as coisas?

Mas a teoria de André logo foi descartada ao perceber o olhar confuso de Vanessa, igual ao dele. Ou ela estava fingindo e ia presenteá-lo, ou realmente a gravata não deveria ter sido mencionada.

— Você comprou uma gravata? — André questiona.

— Não. — Vanessa franze a testa.

— E por que apareceu uma na sua lista de compras?

— Eu sei lá. Apareceu no meu carrinho do nada.

Uma gravata colocada aleatoriamente em seu carrinho? Estranho.

— E já deve estar paga — ela continua. — Droga!

Vanessa parece genuinamente preocupada com a gravata misteriosa. Não pode estar mentindo. André quer muito acreditar nisso.

— Podemos dar uma olhada nos seus pedidos recentes no computad...

— Ágata — Vanessa o interrompe. — Que conta da Borneo foi usada para comprar a gravata?

André se encaixa de volta no sofá e revira os olhos.

— A sua, Vanessa — Ágata responde, com naturalidade demais para um robô.

— E qual cartão foi usado?

— O cartão terminando em 9955.

Vanessa coça a cabeça e morde a unha do polegar. André tenta sugerir novamente:

— Por que você não confere os pedidos recentes no *computador*? — Tenta enfatizar a última palavra, porém com sutileza.

Vanessa se levanta do sofá e dá passos rápidos em direção ao quarto. André estica o pescoço e consegue ouvir o barulho de teclas sendo digitadas em seu notebook. Finalmente, ela havia decidido não usar o cubo e procurar os pedidos na internet, *como qualquer pessoa normal faria.*

Ele se levanta em silêncio e caminha até a mesa de jantar, onde Ágata está. Se sente um pouco estranho fazendo uma pergunta a um cubo branco, mas sua curiosidade fala mais alto.

— Ágata... — ele cochicha. — Quando a gravata foi encomendada?

— Desculpe, não entendi. Pode repetir? — ela diz em alto e bom tom.

André olha rapidamente para o quarto. Vanessa ainda está concentrada no computador. Ele ergue o cubo e leva-o para o mais longe possível do quarto, até perto da porta do apartamento.

— Quando a gravata foi encomendada? — ele repete, em um tom normal.

As luzes giram, mostrando que Ágata entendeu.

— Dia 9 de janeiro.

Duas semanas depois da festa de fim de ano da empresa. Dois dias depois de quando estavam dançando juntos na sala vazia do apartamento e foram interrompidos por uma mensagem de Fábio, chefe de Vanessa.

— Ufa! Resolvi — Vanessa grita do quarto, fazendo André quase derrubar o cubo. — Devo ter colocado no meu carrinho por engano quando estava vendo umas roupas para mim. Mas já cancelei a compra e vão reembolsar o valor no meu cartão.

Colocado no carrinho por engano? E não ter percebido quando finalizou a compra? Muito estranho. Mas André prefere não estender o assunto, abre um sorriso e coloca Ágata de volta na mesa de jantar.

— Que bom que conseguiu resolver, amor.

E reza mentalmente para que uma das funções de Ágata não seja a de detectar mentiras.

— Obrigado, amor — André agradece, apoiando os cotovelos na mesa de jantar e esfregando os olhos. Leva a caneca para perto de si, a fumaça esquentando seu nariz, e dá uma fungada. Não queria admitir, mas o café da cafeteira ultratecnológica que Vanessa comprou na Borneo com desconto de funcionária é bem mais saboroso do que o que ele costumava fazer. Tudo bem, qualquer um conseguiria colocar uma cápsula em um compartimento e apertar um botão, mas André prefere acreditar que Vanessa o fez por carinho, não para provar que o método dela era melhor.

— De nada. — Vanessa dá um gole na sua caneca e fecha os olhos brevemente, como se estivesse saboreando cada gota. A luz do sol que vem da janela da sala ilumina diretamente o rosto dela, e os cabelos escuros, ainda úmidos do banho, brilham. Às vezes André nem conseguia acreditar que uma mulher tão bonita o tinha escolhido.

— Você dormiu mal, né? — ela pergunta. — Senti você virando várias vezes na cama.

André dá mais um gole no café, tentando se lembrar do pesadelo que teve na noite anterior. Não se lembrava exatamente de todos os detalhes, mas era algo relacionado à Vanessa o abandonando no aeroporto Galeão, e a voz anunciando que o voo havia partido tinha soado bastante similar à de Ágata.

— Mais ou menos. — Ele dá de ombros, depois leva um pedaço de mamão com mel à boca. — Meu chefe anda me cobrando umas coisas no trabalho que não são nem responsabilidade minha. Eu estou quase terminando de limpar a caixa de e-mails no fim do dia, e, do nada, aparecem mais uns trinta de uma vez.

Vanessa acaricia o ombro de André.

— Que chato, amor...

— É. No outro dia, ele falou na frente de todo mundo que eu...

E a história de André é interrompida por dois sons simultâneos: o celular de Vanessa vibrando na mesa, fazendo os cafés nas canecas tremerem levemente, e a voz de Ágata despertando e avisando:

— Vanessa, você está recebendo uma ligação de Fábio.

Era só o que me faltava, André pensou, segurando a colher com força. Ele espia o relógio na tela do celular da namorada: ainda são sete da manhã.

Por sorte, a reação de Vanessa é similar à que André teria. Talvez um pouco menos agressiva.

— Ai, agora não. — Ela aperta o botão vermelho na tela, que encerra a chamada. — Nem terminei de tomar meu café em paz.

— São *sete* da manhã — André diz, firme, mas tentando parecer calmo.

— Pois é, ele acha que, só porque acorda às cinco para surfar, todos nós, reles mortais, também madrugamos. — Ela revira os olhos, mas dá um risinho.

André esperava vê-la mais incomodada com a situação. Seu chefe lhe cobrava demais, mas as cobranças deviam começar e terminar com o expediente. Vanessa não ganhava hora extra. Quem esse Fábio pensava que era?

— Enfim, o que você estava dizendo?

André abre a boca para continuar, mas é interrompido novamente pelo celular vibrando e pela voz de Ágata. Dessa vez, ela avisa que Vanessa tem novas mensagens do mesmo contato que tentou lhe ligar. André segura a colher com tanta força que o pedaço de mamão cai em seu colo e suja a calça.

— Ai, que saco. — Vanessa grunhe e decide conferir a mensagem.

— Deixa para ver isso quando chegar lá. — André pega um guardanapo e esfrega a calça com raiva. — Não pode ser tão urgente assim.

Mas Vanessa não tira os olhos da tela. Lê com atenção o que a mensagem diz, franzindo a testa.

— *Bugs* no produto. Sabia! — Ela empurra a cadeira para trás e se levanta. — Eles insistiram em lançar cedo demais, e deu nisso. Ai, ai... — Ela termina a caneca de café em uma golada. — Agora sobra para quem consertar? Para a otária aqui, óbvio. Eu falei para o Breno que tinha que mexer antes, e ele garantiu que não precisava...

Vanessa dá passos rápidos até o quarto e, em menos de cinco minutos, está pronta para sair, equilibrando mochila, chaves, celular e computador nas mãos.

— Já vai? — André pergunta, ainda sentado à mesa.

— Desculpa te deixar assim, amor. Mas eu preciso resolver esse pepino quanto antes. — Ela lhe dá um beijo rápido na bochecha e anda até a porta. — Ágata, liga para o Breno do meu celular! — Ela leva o aparelho ao ouvido. — Devo ficar até mais tarde hoje, mas te aviso, para você não me esperar e ficar com fome. Te amo. Tchau!

E, como um furacão, a porta é fechada e tudo fica silencioso. André continua com o mamão meio comido e o café pela metade na sua frente, mas perdeu o apetite. Fuzila o cubo branco na bancada com os olhos. Como se o objeto tivesse emoções.

— Você não consegue ficar quieta nem na porra do meu café da manhã, né, Ágata?

Ao ouvir seu nome, o cubo se ilumina e responde:

— Não entendi. Pode repetir, por favor?

André nunca imaginou que um objeto daquele tamanho tivesse a capacidade de debochar dele assim.

E foi exatamente como Vanessa alertou.

Pior, aliás. Durante a semana inteira, ela precisou sair mais cedo de casa, dando um beijo na bochecha de um André semiacordado na cama, e só chegava em casa depois das nove da noite. No primeiro dia, André tentou esperá-la para jantar, mas se arrependeu. Com o estômago roncando, assim que ouviu o som da chave girando no trinco, se encheu de esperança, mas Vanessa lhe deu um beijo na testa, tirou os sapatos e foi direto para o quarto. Disse que a empresa fornecia comida para todos os funcionários, então acabou comendo por lá mesmo.

Irritado e morto de fome, André comeu sozinho o arroz, o feijão, o frango grelhado e a salada que tinha preparado para os dois.

A mesma coisa aconteceu nos dias seguintes. André mal via a namorada. Quando se levantava para tomar banho e preparar o café da manhã, Vanessa já havia saído. Quando chegava em casa do trabalho, jantava sozinho e passava horas assistindo a alguma série besta na Netflix, e então Vanessa chegava cansada, conversava com ele durante cinco minutos no máximo e ia para a cama. Ela chegou a sugerir que André usasse Ágata para tocar música ou um podcast enquanto ele estivesse sozinho, para o apartamento ficar menos silencioso. André agradeceu a sugestão, mas disse que não se importava com o silêncio. Não podia dizer que se recusava a ter aquele maldito cubo — que era a causa de Vanessa estar trabalhando tanto — como companhia.

André não entendia como a empresa precisava tanto que Vanessa ficasse até mais tarde todos os dias. Não era possível que não houvesse ninguém mais naquela equipe que pudesse resolver os problemas. A menos que Fábio, o chefe de Vanessa, estivesse mantendo-a lá só para passar mais tempo com ela e usando o produto como desculpa. Só de imaginar os dois sozinhos em uma sala de reunião, comendo a pizza e bebendo a cerveja de graça que a empresa fornecia, rindo e esquecendo completamente que aquilo era um ambiente de trabalho, fazia o sangue de André ferver. Tudo que ele queria fazer toda vez que Vanessa chegava exausta era pedir a ela que contrariasse o chefe e não aceitasse "trabalhar" tanto assim. Em uma das noites, tentou dizer com a maior delicadeza que talvez Vanessa estivesse trabalhando demais e devesse pedir ao chefe que a aliviasse um pouco e compartilhasse a responsabilidade com o resto da equipe também. Ela apenas sorriu e respondeu:

— Eu não me importo, não. Toda a equipe está lá comigo. A Fátima, a Juliana, até o Breno... Que amor de garoto. Chega até mais cedo que eu e sai mais tarde. Nunca vi um estagiário tão dedicado.

Queria ver se ele seria tão dedicado se você fosse feia, André pensou, mas se repreendeu mentalmente.

— O Fábio também está lá com a gente — ela continuou —, ele não é daqueles chefes que só delega o trabalho e vai para casa mais cedo, ele é parceiro. Nunca trabalhei com uma equipe tão unida.

André se forçou a sorrir também ao ouvir a resposta, tentando esconder o gosto amargo na boca.

Na quinta-feira, André tem uma ideia. Já cansado de jantar sozinho e se esforçando cada vez menos para preparar uma refeição decente para um, espera Vanessa chegar em casa para sugerir algo. Mas nessa noite ela demora mais do que o esperado. André confere o horário em seu celular: 21h36. Espera mais um pouco e vê novamente: 21h45. Não recebeu nenhuma mensagem ou ligação. Espera mais cinco minutos e tenta ligar para Vanessa, mas a ligação cai direto na caixa postal. É típico dela. Trabalha em uma empresa que respira tecnologia todos os dias, mas volta e meia esquece de colocar o celular para carregar na hora de dormir.

André anda em círculos na sala, pensativo. São quase dez da noite, e Vanessa não deu nenhum sinal de vida. Ele já não consegue distinguir ao certo se o que o incomoda mais é Vanessa chegar tarde, sua falta de comunicação ou com quem ela está.

André para na frente de Ágata, que agora fica na estante de livros e objetos de decoração encostada na parede, e encara o cubo por alguns segundos. Abre a boca, mas não diz nada. Não, ele deveria esperar mais um pouco. Não quer ser o namorado ciumento e neurótico.

— Ágata — ele diz por fim, ainda com incerteza, como se o nome soasse errado quando dito em voz alta. — Ligue para o escritório da Borneo.

Que se foda. Vou ser, sim.

As luzes azuis ao redor do cubo dançam alegremente, e a voz simpática responde:

— Ligando para Borneo.

André mordisca a unha do polegar enquanto espera alguém atender. Toca quatro vezes, e nada. André bate na testa. É lógico que ninguém ia atender. A pessoa responsável pela recepção não ia ficar trabalhando até tarde só porque uma das equipes precisava estar lá.

Ou só porque uma mulher em especial precisava.

— Não houve resposta, André — Ágata diz. — Gostaria de ligar novamente?

André morde os lábios, já que o polegar já está todo mordido.

— Sim. Ligue novamente.

Depois de quatro toques sem resposta, André já não tem mais esperança. Sua vontade é jogar o cubo bem longe pela janela, mas isso só vai deixar Vanessa mais irritada quando chegar em casa. *Se ela chegar em casa.*

— Borneo Tecnologias, como posso ajudar?

A voz que sai do celular de André, no viva-voz, faz com que seu coração quase saia pela boca.

— O-oi, eu... — André se enrola com as palavras. Estava tão certo que ninguém ia atender que a voz masculina do outro lado o pegou desprevenido. — Sou André. Namorado da Vanessa. Gregório. Vanessa Gregório, que trabalha aí.

— Certo. — a voz diz, com simpatia. — Eu me lembro de você. É óbvio que sei quem é a Vanessa. — A voz dá um risinho.

— Aqui é o Breno, nos conhecemos na festa de Natal da empresa.

Breno, o estagiário–admirador–trabalhador-excepcional.

— Ah, oi — André responde, ainda sem saber ao certo como reagir. — Você... trabalha na recepção?

— Não, é a Luíza que fica aqui. Eu trabalho com a Vanessa, na área de produto. Resolvendo *bugs* e tal.

Não parece estar fazendo um bom trabalho.

— Mas a Luíza já foi embora há muito tempo. Vida boa desse povo que não é de TI, né? — Breno ri de leve, mas André, do outro lado da linha, não muda de expressão. — Eu passei aqui por acaso e vi o telefone tocando.

— Uhum. — André acha que a voz do garoto soa feliz demais para alguém trabalhando às dez da noite em uma quinta-feira. — Hã, a Vanessa está aí?

— Não, ela já saiu. Há um bom tempo, aliás. O Fábio também. Só tem eu aqui agora.

André aperta o telefone com força. O aparelho quase escorrega de sua mão.

— Mas ela não é bunda-mole que nem certas pessoas aqui, sabia? Ela trabalha pra caramba, é superperfeccionista.

Fico impressionado! Acredita que no outro dia ela descobriu um erro no código...

— Ok, obrigado. Tchau. — André desliga antes que Breno termine mais uma história gigante de como Vanessa é a Mulher-Maravilha que sempre salva o dia.

Que ótimo. Vanessa e Fábio já saíram há muito tempo, Vanessa não deu notícias e provavelmente está bebendo champanhe e comendo caviar com o chefe enquanto seu namorado a espera como um idiota...

De repente, André ouve barulho de chave girando no trinco.

— Oi, amor. — Vanessa fecha a porta atrás de si e dá um grande suspiro.

— Oi. Onde você estava? — ele pergunta, firme.

Vanessa tira os sapatos altos e os larga no chão.

— No trabalho? — Ela ergue a sobrancelha. — Por isso essa minha cara de zumbi? Esses últimos dias foram muito puxados.

Vanessa se aproxima dele com a intenção de lhe dar um selinho, mas para no meio do caminho ao reparar que ele cruzou os braços e não parece nada feliz.

— Que foi?

— Você não avisou nem nada. Não atendeu o telefone.

Vanessa passa por trás dele e dá passos lentos em direção à cozinha.

— Acabou a bateria. O dia foi tão intenso que nem parei para carregar.

André acha difícil acreditar que, em uma empresa de *tecnologia,* faltariam tomadas e carregadores. Ele se vira e encara a namorada, que está abrindo a geladeira em busca de algo sem muita emoção.

— Você estava lá até agora?

— Estava, André. — Vanessa bufa, pegando qualquer coisa que desse para colocar dentro de um pão e formar um sanduíche minimamente comestível.

André debate internamente se vale a pena mencionar que ligou para a empresa e que lhe disseram o contrário. Vanessa nem olha para ele, só está preocupada em comer seu sanduíche de peito de peru e requeijão, com pão dormido. Por algum motivo, isso só o deixa com mais raiva.

— Eu liguei para lá, e disseram que você tinha saído. Você e o Fábio, já há um tempão.

Vanessa finalmente levanta o rosto e diz, de boca cheia:

— Você quer que eu cronometre o tempo que leva para sair da Borneo, depois de fazer um milhão de horas extras, pegar o carro, dirigir no trânsito do Rio de Janeiro e chegar em casa?

André sente as bochechas queimarem. Abre a boca, mas não consegue dizer nada.

— Eu sei que tenho chegado tarde e saído cedo, mas poxa. — Ela limpa a boca com um guardanapo de papel com força. — Acha que eu gosto? Que eu não estou completamente exausta? Mas não posso fazer nada, é meu trabalho.

André morde os lábios. Somente nesse momento consegue reparar no estado da namorada. O cabelo preso em um rabo de cavalo malfeito, o rosto já sem maquiagem, as olheiras, o fato de ela comer literalmente qualquer coisa porque sabe-se lá Deus quando teve tempo para fazer a última refeição.

— Você tem razão. Desculpe. — Ele massageia as têmporas. — Fiquei preocupado, só isso.

Vanessa também suaviza a expressão.

— Obrigada por entender.

André lhe dá um beijo no topo da cabeça, e os dois se abraçam. Ele consegue ver Ágata desligada atrás do ombro de

Vanessa e, pela primeira vez, pensa em algo que o cubo poderia fazer que seria bom para os dois.

— Tive uma ideia. Vamos jantar num lugar bem bacana no fim de semana? Tipo aquele Gero, na Barra? Que tem aquelas massas com trufa, que você adora.

Vanessa sorri.

— Pode ser.

— Olha, vou fazer que nem você. — André aponta para o cubo, mesmo sabendo que Ágata não tem olhos. — Ei, Ágata! — As luzes azuis dançam na mesma hora. — Faça uma reserva no restaurante Gero para Vanessa e eu, duas pessoas, no sábado, oito da noite.

A animação dos dois logo é cortada com a resposta do cubo:

— André, Vanessa já tem uma reserva no restaurante Maska no sábado, para duas pessoas às dezenove e trinta. Deseja que eu cancele ou altere a reserva atual?

André vira o rosto para a namorada tão rápido que quase torce o pescoço.

— Você já tem uma reserva?

— Ué, não que eu lembre. — Vanessa coça a cabeça. — Ágata, quando foi feita essa reserva no Maska?

— A reserva foi feita dia 30 de janeiro.

Vanessa faz uma conta rápida nos dedos.

— Não tenho ideia do que seja isso. Pode cancelar essa reserva, Ágata.

As luzes azuis dançam.

— Reserva cancelada.

— E confirma a reserva para o mesmo dia, duas pessoas, oito da noite, no Gero.

— Não, peraí — André protesta. — Que reserva é essa que você fez? Com quem?

— Eu acabei de dizer que não lembro. — Vanessa dá de ombros.

Não é possível. São muitas coincidências. Muitas coisas de que Vanessa andava "se esquecendo". Obviamente a reserva era para ela e outra pessoa que não era ele.

— Você tem andado muito esquecida ultimamente — ele cospe as palavras.

Vanessa ri ironicamente.

— Será que não é pelo fato de eu estar trabalhando igual a uma mula todos os dias? Você podia ter um pouco mais de consideração.

— Está mesmo? Ou está saindo para jantares com seu chefe que, coincidentemente, saiu na mesma hora que você?

Vanessa arregala os olhos.

— Ficou maluco?

André sente que está perdendo o controle, mas não consegue mais se segurar.

— Ora, não é ele que te faz ficar até tarde todos os dias? Que te manda mensagens e te liga o tempo inteiro? Que te olha como se você fosse um pedaço de carne?

Vanessa leva a mão ao peito, perplexa. Fica quase um minuto sem piscar. Desvia o olhar dele e anda de volta para a sala, deixando-o sozinho na cozinha.

— Ágata — ela diz, no caminho para o quarto. — Cancele a reserva de sábado. Perdi a vontade de sair.

Dito isso, Vanessa bate a porta do quarto com força.

André e Vanessa dormem cada um em um extremo da cama, sem se encostar. André quase cai da cama algumas vezes ao longo da noite. Vira várias vezes de um lado para o outro, mas

Eu aceito os termos de uso | 89

observa que Vanessa fica de costas para ele a noite inteira. Inspirando e expirando calmamente em um sono profundo, como se ela não tivesse um pingo de preocupação. Isso só faz André ter ainda mais dificuldade para dormir.

No dia seguinte, Vanessa acorda mais cedo e se levanta sem fazer barulho para tomar banho, como faz normalmente — um pouco mais cedo do que o normal nessa última semana. A diferença é que André já está acordado há quase uma hora, mas sem se mexer, virado para a outra parede. Espera Vanessa fechar a porta do banheiro e ligar o chuveiro para se mover até alcançar a mesa de cabeceira da namorada. Infelizmente, não encontra o que esperava. O carregador do celular de Vanessa ainda está plugado na tomada, mas não está conectado a nada.

André bufa e empurra a coberta para baixo. Ele se levanta e anda na ponta dos pés até a escrivaninha e a cadeira giratória que ficam no canto do quarto. Vanessa sempre deixa sua mochila lá.

A água ainda corre no banheiro, mas André sabe que Vanessa não vai demorar muito, então precisa ser rápido. Abre o zíper da frente da mochila e coloca a mão dentro com cuidado para não deixar rastros, mas não encontra o celular. Abre o zíper maior, passa por pastas, papéis soltos, um caderno, uma caneta e uma garrafa térmica, mas nada de celular.

Um pensamento faz um calafrio percorrer sua espinha. Será que ela levou o celular para o banheiro de propósito? Por que tem algo a esconder?

O coração de André se acelera quando ouve a voz de Vanessa cantarolando "Meu abrigo", da banda Melim, de dentro do banheiro. Ele não tem muito tempo. Onde mais poderia estar?

André dá passos rápidos até a porta do quarto e sai, deixando a porta entreaberta para monitorar o banho da namorada. A sala do apartamento não é grande, tem apenas o sofá, a televisão sobre um móvel de madeira, as duas estantes na parede, as janelas e a mesa de jantar com quatro cadeiras. Ele não tem tempo de revirar almofadas ou olhar embaixo de algum móvel, e é bem pouco provável que o celular de Vanessa esteja escondido lá.

Os olhos de André encontram o cubo branco em cima de uma das estantes e uma luz se acende em sua cabeça. Ele pega o cubo, leva-o até perto da boca e cochicha:

— Ágata. Diga o que tem na agenda de Vanessa para essa semana.

As luzes dançam, e Ágata lista conforme pedido, mas não revela nada comprometedor, apenas reuniões de trabalho e prazos para cumprir.

— E o que tem na agenda semana que vem?

Ágata continua a listar mais reuniões, mas a última coisa que diz chama a atenção de André:

— Na quinta-feira, dia 7, às 19h45, uma reserva para dois na Brasserie Mimolette.

André cerra os punhos. Mais uma reserva que, se ele perguntar à Vanessa o que é, ela com certeza vai dizer que esqueceu. Mas ele precisa de mais informações.

— Ágata, me lembre quais itens Vanessa comprou na conta da Borneo no dia 9 de janeiro.

Ágata lista os mesmos itens que André lembrava: uma cafeteira, dois abajures, uma torradeira, um conjunto de quatro taças de gim e uma gravata, que Vanessa jurou ter sido colocada por engano em seu carrinho e cuja compra foi cancelada.

— Todos foram entregues?

— Sim, todos foram entregues.

A-há. Cancelada, coisa nenhuma. Ele se lembrava de todos os outros itens que tinham chegado ao mesmo tempo em uma caixa grande. Estava com Vanessa quando os dois desembalaram e guardaram um por um. Mas, realmente, a gravata não estava lá.

A menos que a intenção nunca tivesse sido que a gravata chegasse ao apartamento dos dois.

— Em qual endereço a gravata foi entregue? — André segura o cubo com força, sentindo uma gota de suor escorrer pelas costas.

— Rua Barão Roberto Pinheiro, número 75.

André olha em volta, procurando algo que possa usar para anotar. Corre até a cozinha atrás de um papel e caneta, mas só encontra uma caneta destampada em cima do micro-ondas e um recibo das últimas compras do supermercado. Serve.

A adrenalina já está tão presente em seu corpo que ele consegue sentir o coração pulsando na cabeça. No entanto, isso também o faz esquecer que a porta do quarto está entreaberta e que a água do chuveiro já foi desligada.

— Ágata... — André aperta o cubo contra o nariz e diz entredentes: — Leia para mim todas as mensagens que Vanessa recebeu essa semana.

Vanessa poderia esconder o celular, mas André tinha uma aliada dentro de casa. Quando as luzes azuis dançam, as mãos dele começam a tremer em uma mistura de nervosismo, agitação e ansiedade. Mas a resposta que sai do cubo não atende às suas expectativas.

— Ação negada. O aplicativo de mensagens foi desconectado.

A boca de André fica seca. Desnorteado, ele insiste:

— Leia as mensagens que a Vanessa recebeu, sua máquina de merda! Você tem *uma* função!

Ágata repete a mesma mensagem, no mesmo tom. De certa forma, soa até pior do que se ela tivesse soltado uma gargalhada.

— Quer que ela leia *o quê*?

A voz de Vanessa ecoa nos ouvidos de André. Todos os palavrões imagináveis são ditos na cabeça dele.

Dependendo de quanto Vanessa escutou, André pode arrumar um jeito de dizer que não é nada do que ela está pensando, mas quando se vira e dá de cara com a namorada de braços cruzados, de calça social, blazer e a toalha ainda amarrada na cabeça, sua vontade não é inventar nada, muito menos pedir desculpas. A primeira emoção que toma conta de seu corpo, depois do susto, é raiva.

— Por que desconectou suas mensagens?

Vanessa arregala os olhos.

— Está falando sério?

— Você obviamente está escondendo algo! Por isso desconectou suas mensagens? Tem algo comprometedor de que não quer que eu saiba?! — André sente o sangue subindo até o pescoço e as bochechas.

— Você está louco?! — Ela eleva o tom de voz em um misto de raiva e confusão.

— Responde! — Ele cerra os punhos, se controlando para não arremessar o cubo branco na parede. — Não quer que eu saiba das suas mensagens, das suas reservas misteriosas para dois em restaurantes, dos presentinhos que compra...

Por um momento, Vanessa fica sem reação.

— Presentinhos? De que merda você está falando?

André dá um riso de escárnio.

— Da gravata que você disse ter sido um "*bug*". — Ele faz o sinal de aspas com as mãos, que agora já estão suadas. — Ele gostou? Aposto que ficou ótima! — Ele ri de novo, com um toque de exagero, fazendo Vanessa dar um passo para trás. — Realmente, o homem fica muito bem de terno!

André estava há quase dois minutos sem piscar.

— Ei, Ágata, procura uma abotoadura bem bonita para combinar!

As luzes do cubo acendem, e ela informa que está procurando o item, como pedido. Vanessa não consegue acreditar, parece que entrou em um universo paralelo. Sua cabeça pulsa, a toalha já está quase caindo, e ela sente as axilas se enchendo de suor.

— Chega! — ela grita. Arranca a toalha do cabelo e a joga no chão, depois marcha até o quarto. Poucos segundos depois, com uma escova de cabelo em uma mão e a mochila na outra, anda com pressa até a porta da sala. — Eu não tenho tempo para essa estupidez. Espero que, quando eu voltar para casa, encontre um *adulto*, não esse idiota na minha frente! — Dito isso, abre e fecha a porta atrás de si com toda a força, provocando um estrondo.

André sente um zumbido no ouvido e o coração pulsando nas têmporas. Que idiota. Agora Vanessa vai chegar ao escritório, correr para os braços musculosos do chefe e reclamar sobre como seu namorado estava sendo um babaca. E Fábio vai abraçá-la, dizer que estava tudo bem, que homens são assim mesmo às vezes. Depois, no fim do dia, vai até a sala dela com uma garrafa de espumante que tinha guardada para uma ocasião especial, duas taças e, mesmo com ela insistindo que não é necessário, vai dizer algo ridículo como: *Mas você é especial, Vanessa. Vamos, só uma tacinha para acalmar os nervos.*

André só percebe que seus dentes estão cerrados com tanta força quando começa a sentir uma dor na mandíbula. Seu celular vibrando no bolso da calça o tira da espiral de pensamentos catastróficos. Ele pega o aparelho e lê o e-mail que aparece na tela: é seu chefe dizendo que a reunião que teriam hoje daqui a algumas horas vai ter de ser adiada para o dia seguinte e, logo abaixo, um convite para o novo dia e horário. André aceita na mesma hora, sorrindo.

— Ágata — ele diz, com os olhos ainda no próprio celular.

— Eu tenho alguma outra reunião hoje?

Como se não tivesse acabado de estragar sua manhã não fazendo o que lhe fora mandado antes, o cubo responde com a maior calma do mundo:

— Nenhuma reunião marcada para hoje, André.

Essa é a deixa para ele se jogar no sofá e planejar seu dia, que não terá nada relacionado a trabalho. Vai inventar alguma desculpa no dia seguinte para não ter aparecido no escritório, mas seu chefe tem de entender. É uma situação urgente que ele precisa tirar a limpo.

André leva o cubo branco que tinha nas mãos para bem perto de seu rosto e ensaia fazer a mesma pergunta de antes, mas de outra forma, mais sutil, tentando contornar a inteligência artificial de Ágata em busca de mais respostas.

— Ágata, a Vanessa recebeu alguma mensagem do Fábio?

As luzes azuis girando dão a ele um fiapo de esperança, mas ela logo responde:

— Desculpe, Vanessa não tem o aplicativo de mensagens conectado. Gostaria de perguntar mais alguma coisa?

Sim: você aceita pilhas ou qualquer outra porcaria como suborno para responder a uma simples pergunta minha? Máquina idiota.

Ele tenta outra estratégia:

— Por acaso Vanessa recebeu alguma ligação do Fábio?

A resposta é a mesma. Curta e grossa. Vanessa também desconectou seu número de telefone.

André solta um grunhido. Por que ela faria isso? Foi ela que teve a ideia no começo de conectar absolutamente tudo ao maldito cubo branco, com a justificativa de que facilitaria o dia a dia. Agora, do nada, estava desconectando tudo? Só faz isso quem tem algo a esconder. E André vai descobrir o que é. De algum jeito.

Como se estivesse preparando um projeto importantíssimo para sua empresa, André leva o notebook, um caderno e uma caneta para a sala. Passa um café na cafeteira antiga que, mesmo sendo ruim, é melhor do que aquela merda de café caro da cafeteira chique que Vanessa comprou com desconto na Borneo.

André precisa encontrar alguma informação relevante antes que Vanessa desconecte tudo de Ágata. Começa pelas compras recentes que ela fez na sua conta on-line da Borneo. Nada de relevante aparece, só uma escova de dentes elétrica, um hidratante para o rosto e um pacote com três daquelas esponjas pontudas de maquiagem. Pergunta se tem algo ainda no carrinho, e Ágata responde que não. Talvez Vanessa ficou mais esperta e criou outra conta para enviar seus presentinhos secretos.

A conta da Borneo de Vanessa não o faz chegar a lugar nenhum. Além disso, o resto de café que ele esqueceu na caneca já está frio e ainda mais amargo do que o normal. Ele precisa de algo mais forte, que lhe dê energia, concentração e que o ajude a ver as coisas mais nitidamente.

Decide pegar uma garrafa de whisky.

— Vamos, Ágata, me ajuda! — ele suplica ao cubo, dá um gole na dose generosa que serviu para si mesmo e faz uma careta.

— Desculpe, André, não entendi.

André dá risada. Que merda de invenção. Uma máquina tão futurística, tão inovadora, mas que precisa de um comando com todas as palavras certinhas para funcionar. Um grande desperdício de dinheiro, isso, sim. Não que seja um problema para o chefe Fábio; afinal, um homem que usa ternos caros italianos e nos fins de semana viaja para Fernando de Noronha para surfar não está exatamente passando aperto financeiro. Agora pagar horas extras aos funcionários? Que nada. A menos que pague de outras formas para uma funcionária em específico.

André toma mais dois longos goles para tentar tirar a imagem daquele mauricinho de meia-idade da cabeça.

Até que tem outra ideia: lembra-se de, em uma das muitas conversas que teve com Vanessa, que ela se gabava pelo fato de a nova tecnologia da empresa ter uma capacidade precisa de rastreio. Se for verdade mesmo, ele vai conseguir saber de possíveis escapadas da namorada.

— Ágata, quais foram as rotas de Vanessa ontem?

Ele cruza os dedos e dá mais um gole na bebida enquanto as luzes azuis dançam. Que ela não tivesse bloqueado isso também, *por favor.*

— Ontem Vanessa foi ao Trabalho às 8h10, depois voltou para Casa às 21h35 da noite.

André ergue as sobrancelhas. Nada de interessante, mas poderia levá-lo para onde ele queria.

— E anteontem?

Enquanto André dá mais um gole no whisky, Ágata lista exatamente a mesma rotina de antes, com uma leve alteração nos horários. André pergunta sobre todos os últimos dias daquela semana, mas a única revelação que tem é descobrir que Vanessa foi à academia duas vezes na semana.

Mas isso é bom. Com o rastreio habilitado, André conseguirá saber todos os lugares onde Vanessa esteve, desde que ela estivesse com o celular na mão no dia. E Vanessa estava *sempre* com o celular a postos. Até demais. Chegava a ser falta

Eu aceito os termos de uso | 97

de educação em alguns momentos, quando ela conferia uma mensagem "rapidinho" no meio de um jantar.

André decide continuar nessa rota dos rastreios, voltando um dia de cada vez. Está cansado de ouvir a vozinha irritante e monótona de Ágata listando horários em que Vanessa foi ao trabalho, voltou para casa, passou na academia, na casa dos pais etc. Em um dos muitos goles que André dá no whisky, começando a sentir as pontas dos dedos formigando e o corpo relaxando, ele reflete: *Nós quase nunca saímos. Em praticamente um mês não fizemos nada além de ficar em casa.* Por um segundo ele pensa se teve alguma influência nisso, mas logo depois descarta a ideia. O problema era a empresa sanguessuga onde Vanessa trabalhava, isso, sim. As milhares de horas extras que tinha de fazer, e a única recompensa que recebia por tudo isso eram umas "noites de pizza" que o escritório fazia, ou um vale-presente para comprar cafés caros e ruins no Starbucks. E possivelmente sexo com seu chefe rico e bonitão.

André sente a cabeça girando. Depois de quase meia garrafa bebida, já não sabe mais se a falta de respostas é algo bom ou ruim. Não sabe se é porque ele não está sabendo procurar direito ou se, de fato, Vanessa é inocente.

Até que o relato de Ágata de treze dias atrás responde a sua dúvida:

— Vanessa foi ao Trabalho às 8h05, depois para a rua Barão Roberto Pinheiro, número 75, às 17h10, depois foi para Casa às 22h32.

André quase derruba a garrafa no chão.

Rua Barão Roberto Pinheiro, número 75.

Sua memória pode não estar das melhores depois de tanto álcool, mas ele sabe que já ouviu esse endereço. Faz pressão com as duas mãos nas têmporas para se lembrar e toma mais um gole longo de whisky para refrescar a memória.

Bingo.

— A gravata — diz, sozinho, encarando o vazio. Sente os dedos das mãos e dos pés se contorcendo involuntariamente.

— A gravata...

Ele se levanta de supetão e sente a cabeça girando. Dá passos atrapalhados até a cozinha e abre todas as gavetas: não está lá. Procura debaixo dos panos de prato, dentro da geladeira, no lixo reciclável, até que finalmente encontra, atrás do micro-ondas. O recibo do supermercado no qual havia anotado o mesmo endereço naquele mesmo dia, mais cedo.

E começa a rir. Um riso que começa baixo, mas vai crescendo até tomar conta do recinto inteiro. Vanessa não só mentiu para ele, como enviou uma gravata de presente para o mesmo endereço no qual prestou uma visita que estava tentando esconder dele. Lágrimas escorrem de seu rosto, e André já não sabe se são por achar graça da situação ou se são realmente de tristeza. Bem, não faz diferença. O importante é que ele descobriu a farsa da namorada e não vai deixar aquilo barato.

— Ágata — diz, depois dá um soluço e engole a súbita ânsia de vômito. — Chama um Uber para mim.

Como o bom cubo obediente que era, Ágata não contesta.

— Para qual endereço deseja ir, André?

Ele pondera por um momento se leva a garrafa de whisky ou não. Acha melhor tomar a decisão mais responsável: vira-a na boca, dando goles longos, sentindo a garganta queimar. Mas é uma queimação boa. É literalmente o combustível de que precisa.

André larga a garrafa quase vazia no sofá e quase cai de joelhos no chão tentando dar um passo à frente.

— Escritório da... — Soluça e sacode o rosto para tentar alcançar a porta de casa. — Borneo.

Em cinco minutos, André já está a caminho do escritório de Vanessa. Pisca várias vezes, tentando fazer a visão focar, mas vê tudo girando. Não diz nada ao motorista do carro. Precisa se concentrar ao máximo com os últimos neurônios sãos que lhe restam. Sente vontade de rir, chorar, gritar e vomitar, tudo ao mesmo tempo, mas tenta respirar fundo e não levantar suspeitas.

— *Ogribado.* — Ele tenta agradecer ao motorista quando o veículo para em frente à Borneo, mas o que sai de sua boca é mais um emaranhado de palavras.

Com dificuldade, abre a porta do carro e dá passos tortos até chegar à recepção, onde uma jovem, com uma trança no cabelo, maquiagem carregada e um terno cor-de-rosa por cima da camisa, digita algo no computador.

André para a uma distância em que acha que o cheiro de álcool não estará tão aparente, mas a ideia não parece funcionar. A recepcionista logo torce o nariz e levanta os olhos. Ela o analisa de cima a baixo e franze a testa.

— Posso ajudá-lo? — ela pergunta, mas seu tom de voz indica que quer tudo, menos prestar qualquer serviço para ele.

— Eu gostaria de... — Ele para, respira fundo e tenta focar o broche com uma bandeira de arco-íris no terno da moça, em uma esperança de que tudo ao seu redor rode menos. — Eu gostaria de falar com a Vanessa Gregório. — Leva a mão à boca e tenta arrotar o mais silenciosamente possível. — Por favor. — E sorri, ainda de boca fechada.

A recepcionista faz uma careta e move a cadeira um pouco para trás.

— O senhor tem uma reunião marcada?

Ele ri pelo nariz.

— Não, querida. Sou namorado dela. Preciso falar com ela. É urgente.

Relutante, a moça pega o telefone na mesa, disca e leva-o ao ouvido.

— Oi, Vanessa, é a Luíza. Tem um homem aqui querendo falar com você. — Ela faz uma pausa, depois levanta os olhos para ele. — Seu nome?

Por um momento, André cogita dizer "Fábio", porque sabe que Vanessa correria até lá sem pensar duas vezes.

— André. Silveira.

— André Silveira — ela repete, com tédio. Ouve algo do outro lado da linha e volta a atenção para André. — Ela não pode falar agora.

André se aproxima, fazendo a moça torcer o nariz.

— Diz que é urgente. Por favor — ele diz, entredentes.

Ela praticamente revira os olhos. *Cretina*.

— Ele diz que é urgente — ela fala ao telefone e espera a resposta. — Ela pediu para você ir embora. — Um sorriso minúsculo se projeta nos lábios dela.

O sangue de André, que no momento é composto por pelo menos cinquenta por cento de álcool, ferve. A recepcionista não fez a menor questão de ajudá-lo, e óbvio que Vanessa estava se escondendo.

— Luíza… — Ele se esforça para sorrir, mas não consegue não cerrar os punhos. — Insiste, por favor. Eu preciso muito falar com ela.

Ela morde a própria bochecha e solta uma bufada.

— Ele quer muito falar contigo. — Pausa. — Já. Já disse. — Mais uma. — Vou tentar. — E levanta os olhos novamente, sem paciência. — Ela quer saber o que é tão importante que não pode esperar até ela chegar em casa.

André massageia a ponte do nariz, sentindo a cabeça pulsar. Um suor com odor pungente de álcool escorre pelas axilas, seu coração está acelerado, e ele sente a bile querendo escapar a qualquer momento. Mas nenhuma dessas sensações se compara com a raiva que toma conta de seu corpo inteiro. Ele finca as unhas na mesa da recepção, e o barulho faz Luíza dar um sobressalto.

— Sabe o que é, Luíza? Quer saber mesmo o que é? — Ele aumenta o tom de voz. — Essa vagabunda está me traindo! É esse o problema!

Os olhos castanhos da recepcionista dobram de tamanho e sua boca se abre involuntariamente.

— Ela acha que eu sou idiota! Que pode ficar escondendo coisas de mim, mas eu descubro! Eu sempre descubro! — Ele toca o próprio couro cabeludo com o indicador e ri de nervoso. A moça à frente não pisca e segura o telefone na mão como se estivesse grudado. — E eu tenho que agradecer a vocês, à Borneo! — Ele bate palmas. — Se não fosse a merdinha daquele cubo chamado Ágata, eu continuaria sem saber as coisas que acontecem debaixo do meu nariz!

Os próximos dez segundos são de silêncio absoluto. Luíza ainda está parada no mesmo lugar, em choque, a bochecha atingida por gotículas de saliva misturadas com whisky que saíram da boca de André, agora ofegante com um sorrisinho e os olhos úmidos.

Mas o silêncio se quebra quando as portas do elevador atrás da mesa de Luíza se abrem, revelando Vanessa, com fogo nos olhos e uma veia pulsando na testa. Ela marcha até André, o dedo indicador pintado de vermelho mirando em seu rosto e os dentes trincados.

— O que você pensa que está fazendo?!

Isso basta para tirar a recepcionista do transe, que disca outra vez no telefone e fala algo baixinho. André tenta ouvir, mas rapidamente sua atenção se volta para a furiosa namorada. Ele sente um aperto no peito. Mesmo sabendo que ela não vale nada, que é uma mentirosa, ainda é irresistível aos olhos dele, até embriagados.

— Eu disse alguma mentira? — André pergunta, juntando as mãos atrás das costas.

— Pelo amor de Deus, André, vai para casa e para de arranjar confusão!

— Eu? Arranjando confusão? — André finalmente repara que duas outras pessoas com roupas de trabalho haviam entrado na recepção, mas pararam o que tinham de fazer para observar a discussão. — Você me trai, me faz de otário, me força a descobrir a verdade por um aparelho eletrônico... e eu sou o errado da história?

Vanessa bufa. Suas bochechas estão vermelhas.

— Eu não acredito que você ainda insiste nisso! Mesmo depois de eu te explicar tudo!

— Ah, amor, é difícil acreditar quando tudo parece se encaixar, né? — Ele dá de ombros e ergue as sobrancelhas. — A gravata que "desapareceu" — ele faz o sinal de aspas com as mãos — e na verdade foi entregue, os jantares para dois marcados, a sua visitinha escondida ao mesmo endereço...

A intenção de André não era gritar para o recinto inteiro ouvir, mas o som que sai de sua boca está naturalmente alguns tons mais elevado do que o normal. Ele não consegue evitar. Sua visão periférica já não era das melhores e ainda estava comprometida com as doses de álcool, mesmo assim conseguia reparar em alguns pares de olhos o encarando assustados e mantendo uma distância segura.

— Eu não fiz nada disso, quantas vezes tenho que repetir?!
— Vanessa agarra os próprios cabelos, destruindo o rabo de cavalo alto. — Nossa Ágata teve um *bug*! Isso acontece! É um eletrônico que dá defeito como qualquer um!

— Sim, lógico, e os *bugs* foram tão específicos que só tinham a ver com seu chefe e a casa dele!

Vanessa franze o cenho, em um misto de raiva e confusão.

— André, olha só seu estado! Vai para casa, você já causou problema o suficiente.

Ela vira as costas e sai batendo o pé até o elevador. Aperta o botão com tanto ódio que quase estraga a unha recém-feita. As portas se abrem, revelando alguns funcionários curiosos que souberam da briga — provavelmente pelo telefonema de Luíza — e querem: 1) acabar com a confusão e tornar o ambiente de trabalho seguro e respeitável novamente; ou 2) assistir à briga de camarote. A segunda opção é mais provável.

Dentre eles, saem do elevador apressados dois rostos conhecidos por André. Um deles é de Breno, o estagiário e admirador de Vanessa, com o semblante visivelmente preocupado com sua amada superior, que está correndo risco — como se André fosse agredi-la ou algo assim. Que garoto patético. Até parece que seus braços finos e compridos demais poderiam peitar André em qualquer briga. Agora o outro, que se lançou para fora do elevador como se estivesse em chamas e não parou até chegar ao lado de Vanessa, colocando as mãos bronzeadas em seus ombros, com o olhar de super-herói salvando a donzela indefesa, esse, sim, faz o estômago de André revirar, mais do que o whisky.

— E olha quem chegou para salvar o dia! — André cria uma concha com as mãos e grita, fazendo questão que todos o escutem. Eles não queriam presenciar um barraco? Então é exatamente isso que vão ter. Bando de enxeridos e mimados, hipsters de calça jeans, casacos de moletom, piercings nos narizes e cabelos coloridos. Crianças, é o que são. E um bando de idiotas que escutam o ancião com complexo de George Clooney. — O grande e maravilhoso Fábio! Surfista, galã, chefe bacana, que liga e manda mensagens para a funcionária favorita com piadinhas tarde da noite!

Um coro de arfadas toma conta da recepção.

— Do que você está falando? — Fábio pergunta, franzindo a testa. As poucas rugas em seu rosto até contribuem para o charme. Maldito.

— Vai se fazer de bobo agora? Vai fingir que não vive ligando para ela fora do horário de trabalho e mandando mensagens sobre coisas não urgentes?

Fábio franze a testa de novo, com um olhar confuso.

— Por gentileza, peço que saia do prédio agora, senão terei que chamar o segurança — Fábio diz, com firmeza, as mãos fortes e com anéis de prata erguidas na altura dos ombros, como se André fosse um animal selvagem.

— Ah, tá! Agora vai falar que também não mora na... Qual era mesmo o nome? Rua Barão Roberto Pinheiro, número 75?

Fábio nega com a cabeça e o encara como se ele fosse um alienígena, atordoado. André tem de admitir, ele é um bom ator. Mas está ficando sem paciência para esse fingimento.

— Ah, vai à merda! — André joga os braços para o alto. — Você come a minha namorada, faz ela mentir para mim, depois vem pagar de mocinho? — Ele ri sozinho, depois olha para Vanessa. — Ah, agora tudo faz sentido... Por isso você conseguiu aquela promoção tão cedo, né?

No segundo seguinte, André sente o arder de uma mão espalmada na própria bochecha. Não de Fábio, mas da própria

Vanessa, que agora o olha como se quisesse parti-lo em pedaços. E ele é o perigoso da história. A hipocrisia não tem fim.

Fábio se coloca entre os dois, visivelmente nervoso, mas com o cabelo grisalho ainda exatamente no mesmo lugar, e o estagiário, atrapalhado, corre para amparar Vanessa, mesmo sem a menor necessidade.

— Você faz isso porque não consegue negar, pelo visto — André diz, sentindo a bochecha latejar. Depois vira os olhos ainda sem piscar, quase lacrimejando, para Fábio e seu belo rosto com sua bela barba aparada e seus belos dentes muito brancos. — E você não tem vergonha na cara, não? Abusando das funcionárias assim? Das comprometidas, ainda por cima? Luíza, me responde uma coisa. — Ele dá um passo na direção da recepcionista, ainda atrás da mesa, que, por reflexo, dá um pulo para trás. — Ele também te manda mensagem às dez da noite? Pede para você ficar depois do expediente para tomar um drink? Passa a mão na sua bunda quando ninguém repara?

Os sons de espanto, asco e interesse pela confusão continuam de trilha sonora. André repara que algumas pessoas têm as câmeras dos próprios celulares apontadas para ele. De animal selvagem, passou a ser uma atração de circo. E ninguém parece ter três neurônios suficientes para entender quem é a verdadeira vítima dessa história.

Fábio tira o celular do bolso e fala algo baixo em poucos segundos.

— Vai para o inferno! Seu escroto, machista! Acabou tudo! Acabou! — Vanessa grita, não conseguindo controlar as lágrimas. Breno, desajeitado, toca seu ombro de leve e fala palavras como "Calma", "Tá tudo bem" e "Você não fez nada de errado".

André continua o espetáculo por pouco tempo. Não demora para que sinta dois pares de mãos o arrastando para fora do prédio. Decide não resistir, pois sabe que não adianta. Ninguém naquele prédio vai acreditar nele. Nem com as provas que tem.

Primeiro, ele dá risada da própria situação ridícula em que se encontra. Nunca machucou uma mosca, nunca foi nem grosseiro com nenhum garçom ou operador de telemarketing, mesmo sua paciência tendo sido testada várias vezes. Mas, logo depois, sente os próprios olhos marejados de lágrimas. Vanessa olha para ele como se fosse um criminoso, e ele sabia que ela nunca mais o veria com aquele olhar apaixonado de novo. Nunca mais o acordaria com um beijo no nariz, nunca mais levaria café da manhã na cama no seu aniversário, nunca mais se sentariam juntos para ver um filme debaixo das cobertas, mesmo sem conseguir terminar porque acabariam transando no sofá na metade do filme.

Vanessa vai continuar lá, naquele prédio, rodeada por aquelas pessoas alienadas. Pelo chefe bonitão, pelo estagiário babão e pela recepcionista besta. Uma grande família feliz.

André funga e limpa o nariz e os olhos. Ainda se sente tonto pela bebida e tem um gosto terrível na boca. A camiseta está molhada de suor e o cabelo, desgrenhado. Pensando assim, parece mesmo um maníaco.

Mas logo antes de as portas da Borneo se fecharem na sua frente, ele repara em uma coisa. Pode ter sido sua imaginação, ou a bebida enevoando seu cérebro, mas pode jurar que viu Vanessa, agora de costas para ele, sendo amparada por Breno. Os olhos do estagiário se fixam nos seus como os de uma águia. E por um breve momento, breve mesmo, vê um sorriso vitorioso crescendo nos lábios do garoto.

André sente ânsia de vômito ao acordar. A língua dentro da boca parece uma lixa, sente que não bebe água há semanas, e o teto do apartamento continua girando. Ainda está de sapatos, com uma perna no ar e o resto do corpo mal ajustado no sofá da sala. Não sabe que horas são, nem quanto tempo dormiu. A única fonte de luz na sala é a lua minguante na janela. Dá uma fungada na própria axila e faz uma careta.

Com os joelhos bambos e apoiando-se na parede, caminha lentamente até o quarto. Está vazio. O travesseiro que Vanessa usa — bem, usava — está ao lado do seu. A mesinha de cabeceira da mulher ainda tem o seu remédio para o nariz, uma embalagem vazia de KitKat e um boneco Funko do Stitch. É como se nada tivesse acontecido. Como se a qualquer momento ela fosse entrar pela porta, dar-lhe um selinho, tirar os sapatos, se jogar no sofá, colocar na Netflix e convidá-lo a se sentar ao lado dela para assistir a uma das comédias românticas que ela adora, comendo pipoca. André pisca e sente duas lágrimas escorrendo de seus olhos.

Ele volta para a sala silenciosa. Seu dedo passa pelo interruptor, mas ele prefere continuar no escuro. A vista já está acostumada. Arrasta os pés até a estante ao lado da televisão.

— Ligar para Vanessa — ele sussurra.

Nada acontece.

— Ligar... — ele engole o choro — ... para Vanessa.

Nada, novamente. Nenhum som. Nenhuma luz. Parece que é de propósito.

— ÁGATA. — Ele agarra o cubo branco com tanta força que sente as mãos doerem. — Ligue para... Ligue para...

Ele não consegue terminar. Cai no choro. Soluça. Fica sem ar. Abraça o pequeno cubo e sente uma pontada no peito. As lágrimas não param por um bom tempo.

— Eu só quero que esse pesadelo acabe. — Ele se senta no chão, ainda segurando o cubo, esgotado. Pressiona a mão livre com força na testa e fecha os olhos. — Ágata. Só quero acordar.

A melodia de duas notas ascendentes que vem do objeto em seu peito lhe causa um espasmo involuntário. Ele abre os olhos com rapidez e olha para baixo. Seu coração acelera. Não é uma alucinação. As luzes azuis dançam em volta do aparelho.

O intervalo de no máximo um segundo entre os comandos de Ágata demora uma eternidade. Ele leva o cubo à altura dos olhos, morde os lábios e escuta aquela voz calma e nada robótica que já conhece muito bem.

— Olá, eu sou a Ágata, sua assistente pessoal. Qual é seu nome?

UM EXPERIMENTO SOCIAL

Não nasci para ser famoso.

Até quarenta e oito horas atrás, eu não era ninguém.

Ontem só minha família e meus amigos sabiam meu nome. Era um dia normal em que eu só estava voltando para casa de avião dos Estados Unidos.

De alguma forma, eu fui parar nas telas dos celulares do Brasil inteiro.

Passar uma semana em Nova York foi ótimo. Fez um friozinho gostoso, comprei um celular novo com o dinheiro que passei tanto tempo juntando e assisti a *Escola de Rock* na Broadway, o musical adaptado do meu filme favorito. Matei a saudade do Marcelo e dos meus sobrinhos, que juro que pareciam estar com o triplo do tamanho desde a última vez que os vi no último Natal. Queria ter passado mais tempo na casa do meu irmão, mas só consegui tirar uma semana de férias do trabalho e minha caixa de e-mails já estava lotada mesmo com o ano tendo acabado de começar. Até aí, tudo bem. As coisas começaram a desandar na véspera da minha volta para casa.

Durante o dia, as crianças quiseram passear no Central Park coberto de neve para patinar no gelo. Eu, para manter o posto de tio favorito, levei-as e deixei Marcelo e Amanda, esposa dele, em casa descansando um pouco. Não tenho filhos, mas só consigo imaginar que cuidar de três pirralhos de seis, oito e dez anos todo dia não deve ser brincadeira. Passei algumas horas com eles correndo para lá e para cá, caindo de bunda no gelo, comprando cachorro-quente e pipoca e tentando segurar os três de uma vez para não os perder na multidão. Fiquei completamente morto.

Paulinho, meu sobrinho do meio, deu umas tossidas e fungadas no nariz ao longo do dia, principalmente depois de patinarmos. Amanda o agasalhou com um suéter extra, disse que ele havia começado a mostrar sintomas de um leve resfriado na noite anterior. Ela quase não o deixou sair, mas, como era meu último dia na cidade, nos juntamos e piscamos nossos olhinhos várias vezes até convencê-la.

Pensando agora, teria sido uma ótima ideia ter deixado o moleque em casa.

No início do dia, senti minha alergia mais incômoda do que o normal, mas nada terrível. É normal isso acontecer sempre que viajo para um lugar frio. Tenho bronquite, sinusite, rinite e todas as outras *ites* possíveis, então sempre ando preparado, ainda mais em uma temperatura de dois graus Celsius. Levei lencinhos de papel no bolso do casaco e assoei o nariz algumas vezes durante o passeio. Por volta de meio-dia, quando fomos comer, senti um pouco de dor de cabeça, mas também nada de mais. Achava que era só o estresse de cuidar das crianças.

— Julia, dá a mão — falei, firme, pela terceira vez, enquanto minha sobrinha mais nova se desvencilhava de mim. Enquanto andávamos para o metrô de mãos dadas como uma corrente, Julia não parava de puxar a mãozinha e colocá-la no rosto. Minha outra mão segurava a de Paulinho, que estava tossindo com mais frequência.

— Não dá, tio — ela disse, esfregando os olhos. — Tá coçando.

— Para, Julia. — Puxei seu braço e segurei seu punho. — Metrô é sujo, não pode passar a mão no olho. Espera até chegar em casa, e a gente vê o que é isso.

No metrô, comecei a sentir uma dorzinha na garganta, mas me concentrei em tirar a mão de Julia, suja de terra, neve e comida de barraquinha, de perto de seus olhos. Percebi que uma das pálpebras parecia inchada. Provavelmente um mosquito a tinha mordido.

Pigarreei algumas vezes no caminho para ver se o incômodo na garganta passava, mas nada feito. Quando chegamos à casa de Marcelo, tomei um banho e resolvi tirar um cochilo. Só acordei horas depois com Amanda batendo na porta e me chamando para jantar. Nesse ponto, já estava sentindo pontadas na garganta ao engolir, e meu nariz não parava de escorrer.

À noite, comecei a sentir vontade de tossir de cinco em cinco minutos, assim como Paulinho estava fazendo na volta para casa. Ótimo. O cenário ideal para quem ia pegar um voo de manhã cedo no dia seguinte e ainda teria de esperar horas para a conexão de volta para casa.

No meio do jantar, entre tossidas e tentativas falhas de assoar o nariz discretamente, notei que os olhinhos amendoados de Julia estavam mais inchados e levemente avermelhados. Em um reflexo, olhei para minhas mãos, que se esforçaram para segurar as dela e as de Paulinho o tempo todo em que estávamos voltando para casa. Só podia ser uma coisa, e eu sabia muito bem o que era. Eu estava ferrado.

Como havia previsto, acordei na manhã seguinte sentindo como se um caminhão tivesse me atropelado. Tomei uma vitamina C e um xarope para tosse que havia trazido na mala, mas ambos não fizeram nem cosquinha. A cereja do bolo foram meus olhos: ardiam e coçavam enlouquecidamente. Quando fui fazer a barba e me deparei com meu reflexo no espelho, quase dei um pulo para trás. Parecia que eu tinha acabado de sair de um ringue de boxe.

— Toma, para não passar para ninguém. — Amanda me entregou um par de óculos escuros velhos para cobrir os olhos infectados de conjuntivite. Ela me deu também uma máscara de papel descartável para eu manter os germes do meu súbito resfriado somente para mim. — Tenta ficar longe das pessoas.

Dei uma fungada longa e tossi, depois respondi:

— Amanda, eu vou entrar em um avião. Não tenho como me isolar.

— Pensa pelo lado bom, Caio — Marcelo falou. — Duvido que alguém queira chegar perto de você assim. Vão achar que você é um maluco. — E deu risada.

— Eu vou ser uma bomba de contágio durante as nove horas de voo, mais as três em que vou ter que esperar a conexão de São Paulo para o Rio. — Suspirei com dificuldade, pois as narinas estavam cheias de catarro.

Marcelo me encarou pensativo por alguns segundos, depois puxou o celular do bolso e começou a digitar algo com convicção.

— Peraí, acho que tenho uma solução.

Ele levou o celular ao ouvido e caminhou até o quarto, fechando a porta. Enquanto esperávamos a possível solução, Julia e Paulinho apareceram na sala para me desejar melhoras, ela com os olhos inchados e ele tossindo. Eu queria era esganar as pestes, mas apenas agradeci e forcei um sorriso.

Amanda me deu um remédio de gripe e um copo de água. Assim que o engoli, ouvi o barulho da porta do quarto sendo aberta. Marcelo caminhou até nós com um sorriso satisfeito.

— Consegui dar um jeito, pelo menos para a parte da conexão. Vou te passar o telefone do Jorge. — Ele digitou, e, no mesmo instante, senti o meu vibrando no bolso. — Ele trabalha na segurança do aeroporto de Guarulhos. Pai de um amigo meu, gente boa. Falou que pode levar você para uma sala no escritório enquanto sua conexão para o Rio não sai. Aí, você fica mais protegido e com menos chance de contaminar os outros.

Quase abracei meu irmão em agradecimento, mas lembrei que seria mais um membro da família doente. Preferi manter distância.

Mandei uma mensagem para o tal Jorge agradecendo-o, para que ele salvasse meu contato. Muito gentil da parte dele. O ideal mesmo era que meu chefe me liberasse do trabalho pelo menos por uns dias para que eu não viajasse nesse estado deplorável, mas, como não era uma opção, me isolar de outras pessoas durante as três horas de conexão não era má ideia.

Pelo menos não parecia ser.

Marcelo me deixou no aeroporto e evitei abraçá-lo de novo quando nos despedimos. Mesmo que as chances de que ele já tivesse pegado a conjuntivite da filha e a gripe do filho fossem altas, não quis arriscar. Sabia que Amanda ia enlouquecer tendo que cuidar dos três catarrentos mais o marido que, desde que éramos crianças, sempre fazia um drama terrível quando ficava doente. Prometi a ele que não demoraria um ano novamente para vê-lo e que o esperava no Rio de Janeiro para jogarmos frescobol na praia. Pedi que me avisasse quando Julia e Paulinho melhorassem, com um pouquinho de raiva das crianças por terem me passado suas doenças.

Estava frio dentro do aeroporto. Quer dizer, pelos casacos leves que as pessoas usavam em contraste com o moletom grande que coloquei por cima do suéter, havia uma chance de eu estar começando a ficar com febre.

Cobri as orelhas com o capuz do moletom para ficar mais quentinho. Meus olhos coçavam loucamente, mas sabia que seria pior se tirasse os óculos escuros. Que tortura. A máscara descartável também não era lá das mais confortáveis, apertava um pouco as maçãs do rosto e não me deixava respirar direito, mas pelo menos podia tossir com menos preocupação de ser um vírus ambulante. Sei que não estava fazendo mais do que minha obrigação, mas senti muito orgulho de mim mesmo por me dar a esse trabalho todo. Muita gente não ligaria e infectaria todo mundo ao redor.

Enquanto caminhava até o portão de embarque, percebi olhares curiosos em minha direção. Com certeza deviam estar pensando: "Quem é esse idiota usando óculos em um aeroporto fechado?". Mas fazer o quê? Era parecer um louco ou deixar um avião inteiro doente. Eles iam me agradecer, no fim das contas.

Quando cheguei ao meu portão, procurei uma cadeira com menos pessoas em volta. O remédio de gripe que eu havia tomado mais cedo estava começando a me dar sono, mas, como ainda faltavam quarenta minutos para chamarem o voo para São Paulo, coloquei os fones de ouvido e minha playlist de rock dos anos oitenta para tentar ficar acordado nesse meio-tempo.

Cruzei os braços e as pernas para tentar manter o calor dentro do corpo. No meio do refrão de "Livin' on a Prayer", do

Bon Jovi, avistei uma senhora de mãos dadas com uma menininha que parecia ter a idade de Julia. As duas estavam vindo em minha direção, mas com os olhares distraídos, procurando um lugar para se sentar com as malas de mão. Assim que a senhora me viu, um cara alto, encurvado, de óculos escuros, máscara e capuz, puxou o braço da menininha com força para outra fileira de assentos. Bem, eu não podia julgá-la. Eu devia estar parecendo uma aberração. Se ao menos soubessem a quantidade nojenta de secreção saindo dos meus olhos e nariz enquanto me encaravam... iam querer prender os óculos e a máscara no meu rosto com fita isolante.

Alguns minutos depois, já estava me sentindo um pouco zonzo do efeito do remédio e do tempo que parecia não passar, então posso ter imaginado o que vi a seguir. Dois moleques que deviam ter uns quinze anos, cada um com um iPhone na mão, sentaram-se nas cadeiras à minha frente. Cochicharam alguma coisa entre si enquanto olhavam para mim, curiosos. Como não conseguiam ver meus olhos, e eu tinha a cabeça apoiada no punho, deviam achar que eu estava dormindo e não ia perceber o flash de um dos celulares disparado na minha direção. Preferi não dizer nada, ia me estressar à toa. Deviam estar mandando para os amigos uma mensagem do tipo: *Haha, olha que engraçado esse cara estranho no aeroporto.*

Levantei assustado da cadeira ao ouvir a voz da comissária chamando meu voo para embarcar. Eu tinha acabado dormindo sentado por uma meia hora sem perceber. Os dois garotos não estavam mais na minha frente.

Preferi esperar a fila ser formada e as pessoas começarem a entrar no portão para seguir. Não sou contra quem espera em pé na fila mesmo os lugares sendo marcados. Gosto de ter minha mala de mão segura antes de todo mundo. Só que, no estado em que eu me encontrava, com todo o incômodo acumulado do resfriado, conjuntivite e sono, que fazia minhas pálpebras parecerem pesar uma tonelada, eu não estava dando a mínima para onde a minha mala de mão ia parar. Ia ser o último a embarcar com a maior tranquilidade.

Ao ouvir a última chamada da comissária, me levantei e fui até a fila, que agora só tinha umas cinco pessoas. Estava quase na minha vez de mostrar o passaporte e cartão de embarque, quando senti alguém cutucando minhas costas.

— Oi, desculpa incomodar. — Uma adolescente, talvez um pouco mais velha do que os meninos que tiraram minha foto antes, apareceu atrás de mim. Pelo rosto pálido, bochechas rosadas e o fato de estar falando inglês comigo, deduzi que era americana. — Posso tirar uma foto com você?

Será que meus ouvidos estavam entupidos também? Só faltava essa. Ou minhas sinapses estavam bem alteradas. Aquilo era sério?

— *Please* — ela pediu, sorrindo.

Não consegui formular uma resposta porque não estava entendendo nada. Tudo bem, eu não parecia lá muito normal, mas tinha certeza de que gente muito mais esquisita já havia passado por aquele aeroporto de Nova York.

A comissária avisou no microfone que era a última chamada para entrar no voo. Sem pensar direito, concordei e tirei a foto com a menina. Sorri por um instante, esquecendo que estava de máscara e ninguém conseguiria ver minha boca. Não me aproximei muito para não correr risco de passar nada para ela. Ela agradeceu toda sorridente e foi embora. Eu, hein.

Por ter sido o último passageiro a entrar e como meu assento ficava na parte traseira do avião, todos já estavam sentados, salvo alguns ajeitando suas bagagens de mão. Foi só eu colocar o pé no avião que senti meu nariz escorrendo mais e

Um experimento social | 117

minha garganta ainda mais irritada. Meus olhos então, pareciam estar em brasa. Por sorte, o sono era maior do que qualquer incômodo. Anotei mentalmente que ia procurar quais eram os componentes do remédio de gripe que Amanda tinha me dado antes de eu viajar. Estava começando a achar que a venda dele não era permitida no Brasil.

À medida que caminhava até o assento 35F, notei alguns olhares direcionados a mim, pessoas que estavam conversando e pararam enquanto eu passava, sem fazer a menor questão de serem discretas. Estaria bastante irritado se não fosse meu corpo implorando por repouso. Sabia que, assim que o avião decolasse, eu ia encostar a cabeça e ir roncando até São Paulo.

Eu me sentei duas fileiras na frente do banheiro, onde duas comissárias se certificavam de que tudo estava pronto para decolar. Ao meu lado estava uma velhinha miúda e já enrolada no cobertor, com os cabelos brancos apoiados no travesseiro que a companhia dava de cortesia.

Mesmo não sendo culpa minha eu estar naquela situação, me senti um pouco mal por estar ao lado dela e aumentar as chances de ela pegar não só uma, mas duas doenças de uma única vez.

Esperei a comissária mais perto de mim terminar de dar as orientações sobre as máscaras de oxigênio e saídas de emergência para chamá-la. Expliquei minha situação, no inglês mais aceitável com que consegui me expressar, que não queria infectar a idosa ao meu lado, e perguntei se havia algum lugar vazio sem ninguém ao lado onde eu pudesse me sentar.

Ela pareceu meio cética a princípio, devia achar que era só conversa fiada para eu arranjar mais espaço.

Ah, minha filha, quem dera que fosse só isso, pensei.

— Desculpe, senhor. Não posso fazer nada.

Respirei fundo. Não queria apelar para aquilo, mas era minha última chance. Levantei um pouco os óculos escuros, o suficiente para ela ver meus olhos inchados, avermelhados e soltando pus.

Ela deu um passo para trás, horrorizada.

— Vou ver o que posso fazer depois da decolagem. — Dito isso, saiu andando a passos largos. Aposto que para se banhar em álcool em gel.

Dez minutos depois de o avião decolar, quando eu já estava quase adormecendo virado para o corredor, e não para a velhinha ao meu lado, senti uma cutucada de leve no ombro.

— Senhor, pode me acompanhar — disse aquela mesma aeromoça, em uma tentativa falha de conter a cara de nojo, evitando chegar perto do meu rosto.

Mais olhares curiosos me fitaram enquanto eu seguia a moça de coque e saltos altos até meu novo assento. Então esse era o segredo de conseguir um lugar melhor no avião: doença contagiosa! Agradeci mentalmente à senhorinha adormecida por ter caído no assento ao lado do meu. Graças a ela, eu agora estava em uma cadeira lá na frente, com mais espaço para esticar as pernas — meu um metro e oitenta e cinco de altura agradecia imensamente — e sem ninguém na cadeira do meio.

Alguns minutos depois de tentar ficar o mais confortável possível naquela cadeira, já sem sapatos, com a cabeça no travesseirinho e o cobertor enrolado em mim — que mais parecia uma toalha de rosto, mas enfim —, fechei os olhos e tentei relaxar. Estava praticamente adormecido quando, ainda de olhos fechados, senti uma luz forte na minha direção. Não queria sair da posição que me havia custado tanto para encontrar e ficar confortável, e provavelmente devia ser só alguém acendendo a luz do assento para ler. Deixei para lá e peguei no sono.

A última coisa de que me lembro foi de acordar no meio da noite com torcicolo e dor de cabeça, e me levantar para ir ao banheiro. Precisava assoar o nariz e tirar aquela máscara claustrofóbica por pelo menos cinco minutos. Duas comissárias estavam de pé, bebendo água e conversando. Assim que passei por elas, o papo cessou, e me fitaram da cabeça aos pés, depois se entreolharam. Nada discretas, ou achando que eu não estava vendo por conta dos óculos, cochicharam algo entre si e deram risadinhas. Uma delas até tirou o telefone da bolsa no chão e olhou para mim, depois para a tela, e, em seguida, mostrou a mesma tela para a colega.

Uma coisa era certa: ou nunca ninguém havia visto uma pessoa doente se protegendo em um avião, ou eu estava com mania de perseguição. Ou talvez o remédio de Amanda estivesse me dando alucinações. Bem, não faria diferença. O melhor a fazer era voltar para meu assento e tentar dormir um pouco mais.

Só acordei novamente com o piloto pedindo à tripulação que se preparasse para o pouso. Achei que ia acordar querendo arrancar os olhos de tanto coçar, mas pareciam melhores do que na noite anterior. Senti-os menos inchados e incômodos, e minha garganta já não doía mais, estava apenas um pouco irritada. E, graças ao meu bom senso, ninguém mais daquele avião teria os mesmos sintomas.

Andando para fora do avião com minha mala de mão, eu não via a hora de chegar em casa para ter algumas horas de descanso e acordar cedo no dia seguinte, ainda doente, para ir trabalhar. Mas ainda tinha uma longa espera no aeroporto de Guarulhos até pegar minha conexão.

— Oi, você é o Caio?

Ouvi uma voz me chamando na saída do avião pela qual eu tinha passado direto e dei meia-volta. Esqueci completamente que Marcelo havia conseguido um contato do aeroporto para me deixar em uma sala privada.

— Sim! Desculpe, estava um pouco distraído. Jorge, certo? — Estiquei a mão para cumprimentá-lo, mas logo depois coloquei-a novamente no bolso do meu moletom. — Melhor um oi de longe. — Apontei para os óculos e a máscara.

Jorge achou graça do meu jeito atrapalhado e ainda um pouco grogue de sono. Ele respeitou meu pedido e apenas acenou.

— Ficou fácil de te reconhecer.

— É... — Levantei a alça da minha malinha de mão. — Devo ser o único nesse aeroporto assim. As pessoas não param de olhar.

— De longe achei que era algum famoso. — Ele fez sinal para que eu o acompanhasse, e fomos seguindo para o desembarque. — Todo coberto assim.

Até parece. O máximo de fama que eu tinha certeza de que alcançaria seria se alguém um dia encontrasse minhas fotos antigas da falecida rede social Orkut. No auge dos meus doze anos, quando achei que seria a coisa mais legal do mundo descolorir as pontas do cabelo e postar duzentas fotos seguidas do resultado.

As pessoas saindo do avião voltaram a me fitar conforme eu andava atrás de Jorge. Ele tinha um rádio no bolso da calça jeans e um crachá na camisa de botões que dizia SEGURANÇA em negrito. Eu me senti um pouco constrangido com os olhares curiosos no desembarque do aeroporto. Olhei rápido, mas podia jurar que um telefone havia disparado um flash na minha direção.

— Fez uma boa viagem? — Jorge perguntou enquanto caminhávamos.

Um experimento social | 121

— Hã… fiz — respondi sem prestar muita atenção.

— Acho que é ele, sim. — Ouvi uma voz falando atrás de mim. Não podiam estar falando de mim. Eu estava ficando louco, só podia ser.

— Será? — outra voz, no mesmo volume, perguntou.

Jorge continuou jogando conversa fora, sem notar que eu não estava muito focado nele.

— Devia estar frio em Nova York, né?

— É… Estava bem…

— Ele está com um segurança, tem que ser ele! Ei! — A voz pareceu se aproximar. Virei o rosto, mas não consegui identificar de onde veio.

— Tudo bem? — Jorge notou que hesitei e diminuiu o passo.

— Sim, sim. — Senti uma gota de suor escorrendo pelas minhas costas, e não era de febre. — Hã… falta muito para chegarmos a essa sala?

— Não, não, falta só… — De repente, o rádio preso no bolso de sua calça começou a falar, e ele o levou ao ouvido. — Um minuto.

— É aquele DJ! Que vive de óculos!

— Não, eu o conheço! É do TikTok.

As vozes estavam direcionadas a mim, tinha quase certeza. Eu estava ainda um pouco doente, mas não surdo. Mais uma luz de telefone disparou em minha direção. Senti uma pontada de dor entre as sobrancelhas. Por um momento até esqueci que ainda estava me sentindo mal.

— Jorge… — chamei sua atenção, mas ele ergueu a mão aberta para mim, fazendo sinal para que eu esperasse.

Virei para trás novamente e notei que alguns adolescentes e jovens, na faixa dos dezoito e dezenove anos, andavam para o mesmo portão que Jorge e eu. Não estavam colados na gente, mas perto o suficiente para que eu conseguisse ouvir o que estavam falando. Podia ser apenas um grupo indo pegar a mesma conexão que eu e podiam estar falando de outra pessoa... Não podia ser o que eu estava pensando.

— Será que ele deixa tirar foto?

— Ele deve estar filmando para o canal dele.

— Ai, vamos aparecer!

Eu estava delirando. Estava ficando louco. Eles não estavam me seguindo. Estavam apenas indo pegar o mesmo voo que eu. E tirando fotos do aeroporto porque... porque sim. E falando de outro cara usando óculos escuros.

— *Hello! Hello, you!* — uma voz gritou.

— *Please! Picture!* — outra voz complementou.

As vozes estavam cada vez mais próximas. Não eram para mim, não podiam ser. Por que estariam falando em inglês comigo se eu já estava no Brasil?

Olhei para trás novamente e quase tropecei na mala de mão. Minha respiração ofegante estava embaçando os óculos, mas tive quase certeza de que o grupo estava olhando para mim e sorrindo.

— Está tudo bem? — Jorge finalmente tirou o rádio do ouvido ao me ver quase caindo.

— Está, sim, só preciso ir ao banheiro. — Toquei meu peito, sentindo o coração acelerar. Nem o deixei responder e apressei o passo. O pobre do segurança, sem entender nada, só me seguiu.

Mais flashes estavam sendo disparados. Não era possível que ele não estava achando aquilo no mínimo estranho. Só se já estivesse acostumado com gente maluca no aeroporto de vez em quando.

O barulho de solas de tênis arrastando no chão estava na mesma velocidade dos meus passos. E pior: agora eram mais. Finalmente Jorge se virou e percebeu que não era coisa da minha cabeça. Ele arregalou os olhos e me encarou como se eu fosse um alienígena.

— Você é famoso?

Eu queria muito ter uma resposta lógica para aquela pergunta, mas mal sabia Jorge que eu estava tão confuso quanto ele. Mais, até.

— Lindo! Te amo! — uma das meninas gritou.

— Tira foto com a gente!

Jorge fincou os pés no chão e me puxou pelo capuz do moletom, para que eu parasse também. O grupo de adolescentes, surpreso, também parou. Os celulares continuavam apontados para nós. O que diabos ele ia fazer?

— Vamos circulando! — ele falou, sem gritar, porém, com a voz imponente.

O grupo permaneceu imóvel. Os sorrisos em seus rostos, intactos. Agora o terminal inteiro já tinha a atenção voltada para nós. Até adultos resolveram pegar suas câmeras. Minha vontade naquele momento era correr até a pista de pouso, abrir os braços e deixar um dos aviões me atropelar.

Jorge não devia ter filhos, pois tomou a pior decisão de todas. Eu também não tinha, mas, pelo que havia convivido com meus sobrinhos, sabia que o fato de ele ter ordenado que todos se afastassem só os deixou com ainda mais vontade de virem atrás de nós. Se alguém tinha alguma dúvida de que eu era um DJ, uma subcelebridade, um *tiktoker*, enfim, depois daquilo tinham certeza. Mesmo não sendo verdade.

Felizmente, não demorou muito para que Jorge percebesse isso. Ainda com seu rádio na mão, ele usou a outra mão livre para agarrar meu braço e me puxar com tanta força que, por um momento, achei que ele o havia deslocado. Os murmúrios se transformaram em gritos, e as solas dos tênis berravam no chão encerado do terminal.

— Preciso de reforços no Terminal 2! No embarque doméstico, passando a praça de alimentação! — ele gritou no rádio, ainda me segurando.

Meus óculos embaçados balançavam no rosto, e, somando isso ao restinho de conjuntivite e à correria, fiquei praticamente cego. Nem queria ver o estado do meu computador dentro da malinha de mão, arrastada com tanta violência pelos corredores.

A luz no fim do túnel era uma porta simples e cinza ao lado de um cadeado eletrônico. Jorge digitou seis números na velocidade da luz, enquanto a manada de fãs de um ser que nem existia estava prestes a nos alcançar, como leões atrás de uma zebra. A porta se abriu, e ele me empurrou para dentro, fechando-a logo. Segundos depois, os gritos se juntaram do outro lado da porta, com batidas e pontapés.

Meu coração estava quase saindo pela boca. Meus pulmões, com a mesma capacidade de um idoso de noventa anos que tinha acabado de fumar trinta cigarros. A cabeça estava prestes a explodir. Eu só queria ir para casa.

— Toma. — Jorge ergueu um copo descartável com água que havia acabado de pegar no filtro da sala.

— Obrigado. — Minhas mãos trêmulas derrubaram quase metade da água, mas, depois de tomar uns goles, senti a pulsação desacelerar e a consciência voltando ao normal. Será que eu ainda estava dormindo no avião e aquilo tudo não passava de um pesadelo?

Depois de mais dois copos que Jorge me ofereceu gentilmente, comecei a perceber meu entorno. Estávamos em uma

Um experimento social | 125

recepção com dois sofás de couro preto, pouco iluminada. Atrás de mim havia duas catracas, cada uma com um dispositivo para colocar um cartão, como nos prédios comerciais. Ao lado das catracas, uma recepcionista de camisa social azul e rabo de cavalo estava de pé, atrás de uma bancada. Dava para ver que ela tentava manter a compostura, mas, do jeito que tínhamos entrado esbaforidos naquela sala, eu não podia culpá-la pela cara de assustada.

— O que está acontecendo?

— Esse aqui diz que não é famoso, mas é. — Jorge tocou meu ombro, rindo de leve. Eu estaria rindo junto se não estivesse completamente estarrecido.

A recepcionista se aproximou de nós.

— *Hello. Do you need anything?* — ela perguntou se eu precisava de alguma coisa.

Jorge não conteve a gargalhada dessa vez.

— Ele não é gringo, não, Natália!

A moça arregalou os olhos, e suas bochechas enrubesceram.

— Ai, desculpa! É que normalmente quando alguém se veste assim e foge de fã é porque é algum famoso de fora.

É, esse dois mais dois eu já tinha calculado, Natália.

O barulho do outro lado da porta cessou, o tal reforço que Jorge tinha chamado devia ter acalmado a multidão.

— Eu tenho que resolver algumas coisas — Jorge disse, tocando o rádio no bolso. — Caio, fica tranquilo. Aqui ninguém vai te importunar. Natália, leva ele para a sala?

Ela ergueu o polegar em sinal de positivo. Meu Deus, eu estava sendo tratado como uma celebridade até por eles. Será que eu ia me tornar famoso dali para a frente? Nunca mais teria uma vida normal? Teria de viver com as janelas do apartamento fechadas com medo de paparazzi invadirem minha privacidade?

E tudo isso por causa dos catarrentos dos meus sobrinhos que tinham me passado gripe e conjuntivite?

Natália colocou o próprio cartão do aeroporto no espaço da catraca. Uma luz verde acendeu, e eu pude passar. Ela me guiou até um elevador, e subimos ao terceiro andar.

— Eu estou doente. Gripe e conjuntivite. — Senti que devia uma explicação à moça. Natália fez questão de ficar o mais longe possível de mim naquele pequeno cubículo de elevador e evitou olhar para os óculos ou a máscara. Mas seu rosto estava obviamente mais confuso do que o meu tentando ensinar redação em inglês ao meu sobrinho mais velho, Miguel.

— Não saio assim em lugares públicos normalmente. Só não queria contaminar ninguém.

Natália assentiu e deu um sorriso sem graça.

— Mais cedo eu vi um tuíte circulando sobre alguém parecido com você. Sabe, com máscara e tal. Mas devia ser outra pessoa. Desculpa.

Agora as coisas estavam começando a fazer algum sentido. Eu me lembrei dos dois moleques no aeroporto de Nova York tirando foto minha e rindo. Havia uma grande possibilidade de ser a mesma foto da qual ela estava falando.

A porta do elevador se abriu e entramos em um corredor de paredes brancas e carpete, maior e mais arejado do que lá embaixo. Natália me levou até a primeira porta à direita, que dava para uma sala de reunião média composta por uma mesa de vidro com quatro cadeiras giratórias de cada lado. Havia uma televisão grande na parede e, abaixo dela, uma mesinha com uma garrafa de água e um pote de vidro cheio de biscoitos amanteigados.

— Se precisar de alguma coisa, é só falar — Natália disse.

— Aceito, por favor, um remédio para dor de cabeça, se você tiver.

Um experimento social | 127

Ela saiu da sala e, cinco minutos depois, me entregou uma cartelinha de remédio. Tomei dois de uma vez e me sentei em uma das cadeiras giratórias. Entrei no pequeno banheiro da sala, peguei um pouco de papel higiênico e forrei outra cadeira para apoiar meus pés. Então, era só esperar três horas até minha conexão. Até lá, quis acreditar que a multidão teria sido dispersada e se esquecido de mim.

Tirei meu celular do modo avião — no qual eu havia deixado desde que tinha embarcado para o Brasil — e entrei no Twitter, que agora era X, mas eu ainda continuaria chamando de Twitter. Estava me corroendo de curiosidade para encontrar a tal foto que Natália tinha mencionado, e não demorei muito para achá-la. Estava um pouco tremida, mas a reconheci na hora. Caio Ferreira, todo empacotado de casacos, encolhido em uma cadeira de aeroporto, de máscara no rosto e óculos escuros.

Malditos adolescentes.

Quase dei um ronco de risada com a legenda. *Tiktoker americano embarcando para um evento especial surpresa no Brasil!!!!!!!!!!!!!!!*

Logo eu, que nem sabia tirar uma foto no celular sem tremer a mão.

Por um momento, pensei em contatar uma ex-namorada advogada para perguntar se valia a pena processar por direito de imagem ou não, mas logo depois desisti. Primeiro, porque só ia aumentar minha dor de cabeça, e segundo, porque eu sabia que era um caso perdido. A foto já tinha mais de mil curtidas e retuítes. Seria como tentar achar um amigo que tinha ido buscar uma bebida no meio de um show e disse que logo encontrava você de novo.

Fechei o Twitter e abri minhas mensagens. Não via a hora de contar para o Marcelo aquela loucura toda que estava acontecendo.

Só que pelo visto ele foi mais rápido do que eu. Vi que tinha algumas mensagens não lidas dele, então cliquei em seu nome.

17h11 — Chegou bem? Tá melhor?

17h13 — Esqueci de falar que o remédio da Amanda era tarja preta. Deve ter dado um soninho gostoso kkkkkk

Logo abaixo dessa mensagem, minha foto no aeroporto.

17h49 — Miguel acabou de me mostrar isso aqui. Que porra é essa???

Abri a foto já pronto para responder: "Eu também não sei, irmão", mas a legenda daquele print era diferente da que eu havia acabado de ver no Twitter.

Ken Murphy, ator da trigésima temporada de Grey's Anatomy, embarcando para passar férias em São Paulo.

Jesus Cristo. DJ, *tiktoker*, agora ator de *Grey's Anatomy*? Minha mãe era a maior fã da série, e eu podia dizer com propriedade que nunca existiu nenhum Ken Murphy. O tipo de coisa que as pessoas divulgam na internet!

Arranquei a máscara, os óculos e deixei-os na mesa de vidro. Não havia motivo para eu continuar com eles se estava sozinho. Além disso, começaram a me parecer tóxicos. Tinham me transformado em um alter ego que só estava causando problemas.

Resolvi usar as três horas de espera naquela sala sem mais ninguém para ligar para o Marcelo. Esperava que ele tivesse alguma ideia de como proceder naquela situação. Minha vontade também era gritar com ele por ter deixado os filhos pegarem doenças e as terem passado para mim, mas preferi me concentrar só em um problema.

— Fala, irmão! — ele disse do outro lado da chamada de vídeo. — Vou ganhar um autógrafo seu? — E deu risada.

— Há-há — respondi, sério. — Você não tem noção de como foi para chegar até aqui. Eu me senti um dos meninos daquele grupo que a Julia adora, o BTS.

— Tirando a parte da beleza, do dinheiro e do talento, né? — Ele soltou um ronco pelo nariz de tanto que riu da própria piada. Ai, ai. Mesmo com trinta e sete anos na cara, ele continuava sendo meu irmão mais velho babaca.

— Marcelo, eu tô quebrado de gripe e conjuntivite. Tive que fugir de uma legião de fãs de um famoso inexistente para chegar aqui! Você tem noção de que isso é real? De que aconteceu comigo?

— Pior que eu acredito, cara. Olha isso aqui. — Ele apoiou o celular na bancada do que parecia ser a cozinha e pegou o iPad, depois deu play em um vídeo que mostrava o ponto de vista de uma das minhas mais novas perseguidoras correndo atrás de mim e de Jorge no embarque doméstico. Mal dava para ver qualquer coisa porque o vídeo não parava de tremer, afinal, a menina estava correndo, mas já dava para ter uma noção da algazarra.

— Acho que o voo teve alguma turbulência que me levou para um universo paralelo. — Massageei as têmporas.

— Miguel estava me falando que viu uma chamada daqueles perfis de fofoca de famosos no Instagram com a sua foto no aeroporto. Estavam dizendo que você era o mais novo namorado brasileiro da Madonna. Depois me perguntou quem era Madonna.

Respirei fundo e dei um gole na água. Franzi a testa, me dando conta de algo.

— Meu Deus, meu perfil deve estar com um milhão de comentários e solicitações de amizade. Minha vida nunca mais vai voltar ao normal. — Gemi.

— Pior que não, cara. Aqui em casa pensamos nisso também e fomos conferir. Não sei sobre as solicitações, mas o resto está tudo normal.

Ergui a sobrancelha. Como assim estava tudo normal? O mundo inteiro compartilhando minha foto e meu perfil estava intacto? Não era possível. Precisava ver com meus próprios olhos.

Deixei a ligação suspensa e fui conferir as notificações das minhas redes sociais. Como Marcelo disse, não havia uma avalanche de mensagens, tuítes, curtidas ou comentários. Nem um seguidor novo.

Quando voltei à ligação, Marcelo perguntou:

— Viu?

— Você… tem razão — respondi, incrédulo. — Está tudo normal. É como se eu e esse homem de máscara e óculos tivéssemos nos tornado pessoas completamente diferentes.

— Que bom, né?

Não respondi. Não me orgulho de dizer que aquilo me incomodou um pouco. Era como se eu estivesse experimentando só o lado ruim da fama. E óbvio que meu irmão mais velho percebeu.

— Não acredito que você ficou chateado. — Os cantos da boca dele se curvaram involuntariamente. Marcelo nunca conseguia esconder quando achava graça de alguma situação.

Um experimento social | 131

Como era de família, eu também não era nenhum expert em esconder minhas emoções. Marcelo não aguentou e jogou a cabeça para trás com uma gargalhada.

O que eu estava pensando? Não existia nenhum Caio famoso, só o Caio e ponto! Esse *tiktoker*, DJ, ator, sei lá, era só um personagem inventado pela internet! Mas, de alguma forma, eu estava começando a ficar... com ciúme dele? Com ciúme de mim mesmo? De alguém que nem existia?

Eu definitivamente estava ficando maluco.

— Só quero que isso acabe. — Cocei os olhos com as costas das mãos. — Eu estou cansado, cara. Preciso ir para casa descansar e ver se acordo menos doente amanhã para trabalhar. Ou que isso seja um pesadelo, e eu acorde a qualquer momento.

Sabia que não era. Eu me belisquei algumas vezes desde que Natália tinha me levado até aquela sala.

Marcelo sorriu e ergueu a sobrancelha.

— O quê? — Cruzei os braços.

— Me parece bem óbvio o que você tem que fazer.

Ergui as mãos na altura dos ombros e franzi o cenho, confuso. Marcelo havia tido uma epifania que eu não estava sabendo?

— É só entrar no modo Caio não famoso, ué.

Encarei a tela do celular, pensativo.

— Sai daí sem máscara e sem óculos, cabeção.

Abri a boca para responder, mas desisti. Repeti a frase do meu irmão na minha cabeça três vezes seguidas. Levando em conta as minhas redes sociais intocadas, até que poderia dar certo.

Mas seria tão fácil assim? Realmente um par de óculos escuros e uma máscara descartável fariam a diferença entre eu ter um holofote sobre mim e ser completamente invisível? Impossível.

Por mais que eu não quisesse voltar para onde as "minhas fãs" alucinadas estavam, não podia negar que estava curioso para ver se o experimento funcionaria.

Decidi seguir a sugestão do Marcelo. Esperei as três horas até minha conexão, tirando cochilos desconfortáveis e jogando Sudoku no celular. Quando estava quase na hora de ir ao portão de embarque, joguei fora a máscara, com gosto. Se tivesse um isqueiro e não fosse uma violação do código de segurança do aeroporto, encharcaria a máscara de álcool em gel e queimaria a desgraçada ali mesmo, dentro da lixeira. Tive dó de me livrar dos óculos, então enrolei-os em papel higiênico e guardei-os no bolso da frente da mala de mão.

Tentei ser o bonzinho da história e me preocupei em não passar nenhuma doença para ninguém durante a viagem, mas não tinha escolha. Se as pessoas não sabiam conviver em sociedade e atacavam um rapaz aleatório só porque outros diziam que ele era famoso, então sinto muito, mas não ia mais me importar em passar meus germes para elas.

Minha febre havia passado, e estava bem mais quente em São Paulo do que em Nova York, então pude tirar o casaco mais grosso, o moletom e ficar só de camiseta. No banheiro da sala, tentei jogar o cabelo para trás em vez de para o lado, como estava antes. Parecia impossível que não me reconhecessem, mas, naquele momento, passar despercebido na multidão era questão de honra.

Respirei fundo e fechei a porta. Puxei a alça da mala de mão e desci o elevador até a recepção. Meu coração já estava acelerando só de prever o que eu poderia encontrar lá fora.

Sorri para Natália, que ainda estava na recepção, mas fui abordado antes que pudesse passar pelas catracas.

— Senhor, com licença. Você tem autorização para estar aqui? — ela se impôs com a voz, mas pareceu nervosa ao falar.

Eu me virei para ela, incrédulo.

— Natália, sou eu, o Caio, que você achou que era um artista gringo.

Vi a cor das bochechas grandes da recepcionista sumindo do rosto.

— Ai, meu Deus. Desculpa. — Ela levou as mãos à boca, sem graça. — É que, olhando assim de relance, você parece outra pessoa. Sabe, sem...

— Sem a máscara e os óculos.

— É. — Ela deu um sorriso forçado, mas logo depois deve ter associado que eu ainda estava contagioso e, então, muito mais exposto, por isso deu um passo para trás.

Mesmo ainda sem acreditar que ela tinha me confundido com outra pessoa só por aquele mínimo detalhe, tive muito mais certeza de que a ideia de Marcelo ia funcionar.

— Tenho que embarcar. — Cocei a cabeça. — Por acaso você sabe se... hã... as pessoas ainda estão lá fora?

— Eu ainda estava ouvindo um barulho de gente aí fora até um tempinho atrás. Acho que a multidão dispersou, mas sobraram alguns.

Bem, já era um começo. Agradeci à Natália por ter me levado até a sala mais cedo e pedi que agradecesse ao Jorge por mim. Se não fosse a postura dele de segurança de aeroporto e seu pensamento rápido, eu teria sido partido em pedacinhos pelos fãs malucos.

Hesitei por um segundo ao abrir a maçaneta. Acenei para Natália, que murmurou "boa sorte" erguendo os polegares.

Que todos sejam tão avoados quanto você, pensei.

Como meus olhos ainda estavam sensíveis pela conjuntivite, arderam um pouco quando abri a porta e dei de cara com a luz das janelas enormes do aeroporto. Natália tinha razão: já não tinha mais tanta gente do lado de fora, mas ainda havia alguns grupos circulando perto da porta.

Assim que notaram um movimento vindo do lado de dentro, focaram os olhares em mim, atentos. Meu coração quase parou.

Mas foi só por um segundo. Voltaram a conversar entre si como se nada tivesse acontecido. Ninguém gritou, ninguém me abordou, ninguém sequer pensou na possibilidade de que eu era quem tinham perseguido mais cedo. O grupo de três meninas mais perto da porta até se afastou com cara de nojo ao ver meus olhos inchados. Fiquei parado por alguns segundos só olhando em volta, me certificando de que ninguém ia associar minha aparência, e nada. Até evitaram olhar para mim depois que tossi algumas vezes.

Não era possível. Minha vontade era de cair na gargalhada, mas nem pensei direito na hora. Apenas segui meu caminho em direção ao portão de embarque.

Conforme fui andando, revivi o momento da perseguição na minha cabeça, pensando quão louco tudo aquilo havia sido. Parei no meio do caminho e me virei para ver o movimento outra vez. Eles ainda estavam lá, esperando alguém que nunca ia aparecer.

A princípio, acreditei que o plano havia dado certo, afinal, consegui passar pelos "fãs" da maneira mais suave possível. Nem o próprio James Bond teve um disfarce tão eficiente em todos os seus quinhentos filmes. No entanto, quanto mais me distanciava daquele escritório e daquele corredor, mais uma pequena sensação de vazio ia crescendo dentro de mim. Ao ouvir a chamada para embarque do meu voo, caiu a ficha de que meus quinze minutos de fama haviam acabado. Nunca mais iam gritar meu nome animadamente, ou correr atrás de mim pedindo uma foto, ou divulgar minha foto nas redes sociais como um DJ, *tiktoker*, ator de série americana ou namorado da Madonna.

Senti um incômodo pelo meu personagem inventado pela internet ter sido esquecido em apenas três horas. Não restavam mais dúvidas de que eu tinha ficado maluco.

Ao me sentar no assento 14A a caminho do Rio de Janeiro, ainda fungando, tossindo e com os olhos coçando, o sentimento que tomava conta de mim não era de alívio, nem alegria, nem mesmo cansaço.

Era nostalgia.

De fato, ia sentir falta de me sentir especial, mesmo não sendo eu mesmo, se é que isso fazia algum sentido.

Porra. O mundo hoje em dia é mesmo um lugar esquisito.

LILITH

— Vê se ficou estranha essa foto?

Rebeca dá um último gole no guaraná e inclina-se na direção da tela do celular de Paula, para ver o que a amiga pediu.

— Não, eu gostei. Talvez diminuiria um pouco a saturação, mas só.

Paula dá mais uma olhada na foto e assente. Determinada, abre o painel de edição para ajustá-la pela quinta vez.

Rebeca se levanta do meio-fio, onde as duas estavam sentadas, para jogar a lata vazia fora; depois, dá uma batidinha nos bolsos traseiros da calça jeans, tirando a poeira. Às 11h30 de uma sexta-feira, era difícil encontrar um banco vazio no campus da faculdade para fazer um lanche rápido no intervalo entre uma aula e outra.

— Acabou? — Rebeca coloca uma alça da mochila em volta do ombro.

— Quase. — Paula está concentrada em encontrar a porcentagem perfeita de exposição de luz para que a foto fique pronta para ser postada. Em sua mão esquerda, está um pão de queijo comido pela metade. Ainda sentada, ergue o celular de volta para a amiga. — Vê agora. Tá boa?

Impaciente, Rebeca se aproxima da tela novamente e a analisa por alguns segundos. Antes que possa abrir a boca para falar, ouve uma voz atrás dela dizendo com convicção:

— Que isso, hein? Já vou curtir.

Paula reconhece a voz na hora. Ela se levanta do meio-fio tão rápido que quase deixa o pão de queijo cair.

— Oi, Arthur. — Paula abre um sorriso de orelha a orelha.

Rebeca se vira e vê um rapaz forte, com barba bem aparada e um boné com o logotipo da atlética da faculdade. Aproveita que a atenção do garoto está voltada para sua amiga e o encara de cima a baixo.

— Eu não entendo muito de Instagram, mas gostei da foto, viu? Não precisa nem botar efeito. — Ele sorri, mostrando os dentes perfeitamente alinhados.

As bochechas de Paula enrubescem imediatamente.

— Obrigada.

— Que aula você tem agora? — Arthur chega mais perto e Rebeca dá um passo para trás, obviamente entendendo a situação.

— Sociologia, com o Braga.

— Nossa, boa sorte. Quando eu tinha aula dele no semestre passado, era um litro de café para ficar acordado.

Paula dá uma risadinha.

— Valeu. Depois eu tô livre, a outra aula é só depois das duas.

Arthur ergue a sobrancelha.

— Legal. Se quiser tomar um açaí na hora do almoço, também tô livre.

Paula tenta não transparecer que seu coração está batendo três vezes mais rápido do que o normal.

— Pode ser.

— Beleza. Te encontro do lado da escada, então?

Paula morde os lábios para evitar abrir um sorriso gigantesco.

— Tá.

Rebeca espera que o rapaz saia andando para esbarrar de brincadeira no ombro da amiga.

— Olha ela! — Ela dá risada.

— Ai, nem fala. — Paula abana o próprio rosto, sorrindo bobamente. — Desde a primeira festa da atlética, ele está assim comigo. Será que rola alguma coisa?

Rebeca estuda a fisionomia de Arthur, já longe do alcance das duas. Ombros largos, músculos definidos à mostra com a regata branca e cabelos pretos bagunçados na medida certa por baixo do boné.

— Engraçado, acho que eu o vi em algum lugar sem ser aqui.

As duas começam a caminhar em direção ao prédio onde terão a próxima aula.

— Sem ser na festa?

— É, depois da festa. Acho que ele me seguiu no Instagram ou apareceu como sugestão.

— Bem lembrado. — Paula pega o próprio celular novamente, mas hesita por um instante. — Se bem que é melhor esperar um pouco antes de seguir ele, né? A gente só se fala de vez em quando no intervalo...

Rebeca não diz nada. Arthur tem um rosto bonito e uma mandíbula bem definida, mas isso vale para quase todos os garotos da atlética. No entanto, há algo nele que a deixa desconfiada.

De repente, tudo fica óbvio. Assim que se lembra de onde viu Arthur na internet, se sente mal ao ver o rosto esperançoso de Paula.

— Preciso te mostrar uma coisa.

O sorriso de Paula se esvai ao notar o semblante preocupado de Rebeca, que para no meio do caminho e segura o braço da colega.

— Ai, não. Ele já deu em cima de você?

— Não. Pior. — Relutante, Rebeca tira o celular do bolso e abre um aplicativo cujo logotipo é um "L" maiúsculo em letra cursiva, rosa-choque, em um fundo preto.

— O que é isso? — Paula estica o pescoço em direção à tela.

Rebeca não diz nada. Clica na barra de pesquisa do aplicativo e digita "Arthur". Desce com o dedo pelos perfis que aparecem, até chegar na foto do rapaz usando o mesmo boné de agora há pouco, com o mesmo sorriso charmoso.

— "Arthur, vinte anos, nota quatro de dez" — Paula vai lendo a descrição do garoto, com a testa franzida. Quanto mais lê, mais chocada sua expressão fica. — "Imaturo, machista…" — Ela leva a mão à boca. — "Ruim de cama" — Ela faz uma pausa, mas não consegue parar de ler. — "Dá em cima de todas as calouras, promete mil maravilhas, mas depois larga de mão. É um galinha, cara de pau. E não durou nem cinco minutos. Não cometam o mesmo erro que eu."

— Ele tem nove avaliações. Se eu fosse você, não ia atrás, não.

Paula pega o celular de Rebeca e analisa o aplicativo, desolada, porém curiosa ao mesmo tempo.

— Isso é novo?

— Eu baixei faz uns dias, está rolando há umas duas semanas, mais ou menos. Acho que começou aqui na faculdade. Você conecta o perfil com uma rede social sua e pode avaliar os homens na lista de pessoas que te seguem e que você segue de volta, de um a dez, e postar comentários anônimos.

Paula dá uma olhada rápida nos perfis de outros rapazes, quase todos com notas baixas. Comentários como "Não recomendo", "Decepção" e "Babaca" se repetem em quase todos. Paula está tão concentrada nos perfis que quase esbarra em uma das pilastras do campus.

— Vou baixar isso agora. — Ela devolve o celular para Rebeca, cabisbaixa. — Poxa, e eu aqui toda feliz. Que idiota.

— Acontece, amiga. — Rebeca faz carinho no ombro de Paula. — Mas olha pelo lado bom, você se livrou de coisa ruim antes de se apegar.

— É, verdade. — Paula suspira e, enquanto sobe as escadas, abre a loja de aplicativos do próprio celular. — Qual é o nome desse aplicativo mesmo?

— É Lilith — Rebeca responde, depois soletra a palavra.

E, em menos de um minuto, Paula já tem o aplicativo no celular.

— Ei, está acompanhando? — Sara chama a atenção da amiga ao seu lado, que parece sonolenta ouvindo o professor falar na frente da turma. — Quinze pessoas se registraram só hoje de manhã!

Lídia, ao ouvir o aviso de Sara, confere o próprio celular e abre um largo sorriso. O bom da aula de Laboratório de Software do sexto período é que os cinquenta computadores da sala de computação são a barreira perfeita entre os professores e os alunos que sentiam que nem precisavam estar ali. Como Lídia se sente todos os dias. É uma das oito meninas em seu curso de Ciência da Computação e a única a criar um aplicativo ao qual dezenas de alunas da faculdade já estavam aderindo. Aproveitou a maioria das aulas desnecessárias do curso para desenvolvê-lo sozinha, e sentiu um grande orgulho quando Sara lhe mostrou as avaliações positivas de usuárias satisfeitas e o número cada vez maior de perfis aparecendo na tela principal.

Lilith | 141

As duas comemoram em silêncio, para não chamar a atenção do tedioso professor Almeida.

— Isso me fez lembrar de uma coisa — Lídia diz em um tom de voz baixo, digitando um nome no aplicativo em seu celular. Assim que o encontra, mostra a tela para Sara. — Está mais do que na hora de você postar a sua avaliação, não acha?

Ao contrário do que Lídia esperava, Sara não vibrou de alegria ao ver o nome Xande na tela, sob a foto de um rapaz de pele bronzeada, piercing na sobrancelha e cabelos castanhos amarrados em um rabo de cavalo pequeno, segurando uma prancha de surfe. Sara morde a unha do polegar e evita olhar para a amiga.

— Não sei se é uma boa ideia.

— Como não? Esqueceu o motivo de eu ter criado o Lilith? — Ela bate com a unha do indicador três vezes no rosto de Xande na foto.

— Lógico que eu lembro. É só que… — Sara coça o braço, franzindo a testa.

Com cuidado para as rodinhas da cadeira não fazerem barulho, Lídia se move para mais perto de Sara.

— Ele merece. — Os olhos de Lídia cravam nos da amiga, que não consegue desviar o olhar. — Depois de tudo o que ele fez: traição, ciúme, controlar quem você encontrava, até as vezes em que ele… — Lídia não precisa continuar. Vira a palma da mão de Sara para cima e aponta para o punho fino da amiga. Não tem nenhuma marca, mas para Sara é como se ali ainda houvesse uma mancha de cor azul e amarelada.

Sara toca no próprio punho, pensativa, brincando com o pingente em formato de borboleta na pulseira. Olha novamente para Lídia, que ainda está com a foto de Xande aberta no celular.

— Ele merece — Sara cria coragem para dizer.

Lídia sorri com satisfação. Sara abre o aplicativo no celular e clica na primeira estrela embaixo do nome de Xande. A nota um de dez é registrada. Sara sente um calor percorrendo o corpo, como se tivesse acabado de beber uma lata inteira de energético. As mãos tremem de empolgação. Seu coração bate mais forte e mais adrenalina corre pelas veias a cada palavra que digita na caixa de comentários.

Mentiroso. Abusivo. Covarde.

Lídia precisa pedir à Sara que fique calma, porque o professor acaba de notar que elas não estão prestando atenção na aula. Mas é difícil ficar quieta em um momento tão satisfatório. Agora, qualquer pessoa que clicar no perfil de Xande vai ver sua nota um e os comentários anônimos de Sara. As duas dão as mãos e tentam abafar as risadas só de ver a foto.

— Silêncio aí atrás — a voz monótona do professor, porém incisiva, chama a atenção das duas.

Lídia e Sara guardam os celulares e voltam a fingir que estão anotando algo nos computadores. Trocam um último olhar de cumplicidade, com a sensação de missão cumprida.

— Estou orgulhosa de você — Lídia diz à Sara, que caminha na frente dela, cada uma segurando uma bandeja com o prato do dia do bandejão: arroz, feijão-carioca, farofa, frango acebolado e cenoura cozida. — Você vai ver como mais um monte de avaliações vai aparecer para aquele lixo humano depois de verem a sua.

Sara, atenta em encontrar dois lugares vagos no meio daquele restaurante universitário lotado como sempre, sorri ao ouvir o comentário. Mesmo apreensiva no começo, agora sente que fez a coisa certa. Não deseja a ninguém o que passou com Xande. Mesmo depois de já terem terminado há quase um ano, algumas lembranças ainda a atormentam de vez em quando. E o fato de ele estudar na mesma faculdade dificulta o processo de tentar apagá-lo da mente.

Depois de dar quase uma volta inteira ao redor do refeitório, as duas encontram um espaço vazio em uma mesa grande, já ocupada parcialmente por um grupo de quatro meninas. Estão tão atentas olhando para os próprios celulares e em uma conversa entusiasmada que nem notam Sara e Lídia se sentando na ponta da mesa, uma de frente para a outra.

— Nota quatro, meu Deus do céu, que mico... — uma das meninas, a de jaqueta jeans, zomba, apontando para o próprio celular e rindo.

Lídia dá uma garfada e olha discretamente para o grupo ao seu lado. Sempre foi muito observadora, uma das características que a ajudou a construir o conceito de Lilith. Ouvia conversas paralelas sobre relacionamentos malsucedidos, amores não correspondidos e encontros ruins nos corredores da faculdade.

Também testemunhou diversos comentários nojentos dos colegas do sexo oposto, afinal, eles eram a grande maioria em seu curso.

As pessoas pareciam nunca notar a presença dela. Na época da escola, isso a incomodava e a fazia sentir-se insegura. Na faculdade, aprendeu a reconhecer isso como um superpoder.

— Eu tinha a impressão de que ele não prestava, Paula — Lídia ouve a menina ao lado de Sara dizer. — Muito bonitinho, charmosinho e da atlética... Suspeito.

Lídia dá um chute de leve no pé de Sara. Quando a amiga volta a atenção do prato para seu rosto, Lídia aponta com os olhos algumas vezes para o grupo.

— Sabe se precisa ter uma conta no Instagram para acessar? — uma delas pergunta.

Sara e Lídia se entreolham. Sara morde os lábios, e Lídia ergue as sobrancelhas. Não precisam dizer nada.

— Desculpa, não queria me intrometer, mas... — Lídia chama a atenção das meninas — ... vocês estão falando desse aplicativo novo, Lilith, né?

Por sorte, nenhuma delas acha a pergunta intrusiva. Pelo contrário, adoraram saber que não eram as únicas falando sobre o aplicativo. Todas assentem, animadas.

— Então, precisa ter uma conta em alguma rede social. Mas é bem fácil de acessar — Lídia diz, em um tom de voz simpático. Sabia que a matéria eletiva de marketing que pegou no semestre passado teria alguma utilidade. — Você clica em "Criar conta", e vai aparecer uma opção escrita "Conectar com o Instagram". Você aperta no botão de sincronizar, coloca sua senha e pronto. Seu perfil está prontinho.

Sara tenta não rir de como as meninas ficam fascinadas com a explicação. Têm aquele brilho nos olhos que só se vê em calouros, quando ainda acham que a vida universitária é um filme tipo *American Pie*. Por isso, aproveita a personagem vendedora da amiga e entra na onda. Afinal, era seu dever como melhor amiga divulgar o produto.

— Já fizeram uma avaliação? Eu fiz a minha primeira e me senti ótima.

As quatro dão risadinhas, mas uma em particular, usando uma sombra prateada brilhosa nos olhos e o cabelo ondulado com *babyliss* — mais sinais de que é caloura — quase cospe o chá gelado que estava bebendo.

— Eu não fiz, mas vi umas avaliações que me salvaram. — Ela limpa a boca com um guardanapo de papel, rindo. — Estava a fim de um cara do quinto período e descobri que ele é nota quatro. — Ela aponta o polegar pintado de vermelho para baixo. As outras três riem da situação, e uma delas dá tapinhas solidários no ombro da amiga.

A conversa animada entre Sara, Lídia e as outras meninas sobre o aplicativo dura mais uns cinco minutos, até que uma delas, a mais alta, com brincos grandes dourados em formato de losango, percebe alguém se aproximando e para de falar imediatamente. Arregala os olhos, fazendo sinal para que todas parem. Curiosa, Lídia olha na direção em que os olhos da mais alta apontavam, e entende na mesma hora. Reconhece o logotipo da atlética da faculdade no boné que o rapaz usa.

Ele para de frente para a mesa e abre um largo sorriso ao ver a garota com sombra brilhosa.

— E aí, Paula? Não te vi lá na escada — Arthur diz, em um tom descontraído, sem parecer irritado ou chateado.

Paula tenta disfarçar o desconforto imediato e brinca com uma mecha de cabelo entre os dedos, o sorriso forçado.

— Desculpa. Fiquei até mais tarde terminando um trabalho.

— Tranquilo. — Ele apoia o punho no canto da mesa do refeitório, os olhos vidrados em Paula. — Tá a fim de tomar uma cerveja aqui perto quando acabar sua última aula?

O grupo de meninas controla as risadas e finge não prestar atenção na conversa dos dois.

— Hã… Hoje? Não sei…

Lídia nota que Paula cruzou as pernas na direção contrária a Arthur e apoiou a mão no queixo. Clássico sinal de quem não quer que o outro se aproxime.

— A gente pode ir ao cinema, então? O que acha? — Arthur continua, confiante. Realmente, tem um sorriso perfeitamente alinhado e uma mandíbula em que dá para afiar uma faca de churrasco. — Vi que lançou um filme novo essa semana, deixa eu lembrar o nome…

— *Eu sou o número quatro?*— Rebeca, a menina com os brincos de losango, pensa alto, o que é o suficiente para a mesa inteira explodir em uma gargalhada.

Sara e Lídia também não se seguram e quase cospem o almoço.

Arthur olha confuso para Paula, que fecha o punho e leva-o até a boca para segurar a risada, o que não dá certo. Ela respira fundo e, ainda não cem por cento recuperada do ataque de riso das amigas, diz:

— Desculpa, Arthur, hoje eu não posso.

Arthur endireita a postura. Já não sorri mais.

— Ah, sem problema. A gente pode marcar no fim de semana, talvez?

Uma das meninas do grupo revira os olhos, outra balança a cabeça negativamente, e as outras duas ainda riem de leve. É provável que Arthur já tenha percebido o que está acontecendo, porque agora tem os dentes cerrados.

— Eu tenho umas coisas para fazer esse fim de semana. Outro dia, pode ser? Eu vou ver e te aviso. — Paula chega o corpo um pouco mais para perto das amigas.

Arthur tira o boné e coça os cabelos pretos bagunçados.

— Tá, tudo bem. A gente se vê.

Paula solta um suspiro aliviado depois que Arthur segue na direção oposta.

— *Vou ver e te aviso...* — uma das meninas, de longas unhas pintadas de preto, debocha. — Essa é mais velha que minha avó. Aliás... — Ela pega o próprio celular. — Isso me lembra um cara que saiu comigo semana passada e me ignorou desde então. — Ela bufa. — Não respondeu a nenhuma mensagem, como se eu fosse invisível. Agora ele vai ver. — Ela sorri maliciosamente, suas unhas fazendo *tlec tlec tlec* na tela do aparelho, digitando freneticamente. — Pronto, nota seis para você, mané. E ainda fui boazinha, porque merecia menos.

Sara e Lídia sorriem uma para a outra e voltam aos seus almoços. Se não ficasse tão na cara que o aplicativo existia graças a elas, brindariam com seus copos de plástico de guaraná natural.

— E aí, irmão! — Xande, que desce as escadas em direção ao refeitório, acena para Arthur.

No meio dos degraus, os dois batem as mãos, Arthur com bem menos entusiasmo que o amigo.

— O que houve?

— A Paula me deu um fora — Arthur diz, cabisbaixo.

— Quem?

Os dois sobem juntos as escadas, para não atrapalhar o fluxo.

— Uma caloura de Comunicação que fica dando mole para mim nas festas da atlética. Ela estava nitidamente super a fim, chamei ela para sair agora há pouco, mas inventou desculpinha que não podia. — Ele cruza os braços fortes. — Do nada.

— Ah, cara. Não esquenta com isso, não. Tem outras mil calouras nessa faculdade. — Xande dá um soquinho de leve no ombro do amigo.

Arthur ainda parece incomodado com a situação.

— É que foi muito do nada, sabe? Hoje cedo ela estava se jogando para cima de mim, em duas horas parece que virou outra pessoa. — Ele balança a cabeça negativamente, observando os grupos de alunos que caminham pelos corredores. — As amigas dela ainda fizeram uma piadinha que deu para ver que era pra mim...

Xande finca a mão com anéis de prata grossos nos dedos no ombro de Arthur.

— Relaxa, irmão — ele diz calmamente. — Vamos tomar uma hoje. Sexta à noite os bares aqui ficam lotados de calouras. Esquece essa escrota.

Arthur concorda, se despede do amigo e parte em direção à próxima aula. No caminho, pensa ter notado um grupo ou outro de meninas olhando para ele com reações variadas. Algumas riram, outras o olharam de cima a baixo, outras o encararam como se fosse uma minhoca. Arthur tenta focar no que Xande lhe disse sobre as calouras nos bares, mas uma preocupação começa a surgir dentro dele. Afinal, Paula é caloura. E, seja lá o que tenha dito às amigas sobre ele, as notícias voavam naquele campus.

— Vamos passar no drive-thru do Burger King, né? — Sara pergunta à Lídia, que busca pela chave do carro na bolsa a tiracolo. Andando em direção à garagem do campus, Sara se espreguiça, cansada. — Estou precisando. O Pereira pegou pesado na prova.

— Vamos. Tô doida por uma batata frita. — Lídia puxa a chave da bolsa, junto ao ticket de estacionamento que paga semanalmente para ter uma vaga na garagem. Ela não achou a prova de cálculo difícil, mas preferiu não dizer nada sobre aquilo para não deixar a amiga insegura.

Como de costume, a fila para pagar o estacionamento no fim do dia é sempre de pelo menos dez minutos. Bastou as duas chegarem ao fim da fila que, logo em seguida, mais três pessoas apareceram atrás delas. Lídia observa quem são as pessoas enquanto Sara pondera se vai pedir o hambúrguer de picanha ou de frango.

Logo atrás das duas está o professor Vicente, de Economia. Ele assente dando um sorriso, cumprimentando-as em silêncio.

Pergunta como foram na prova de cálculo e diz palavras doces à Sara, que admite ter ido mal. Atrás dele, estão dois colegas de turma, um menino e uma menina. Os dois riem baixinho e lançam olhares bem indiscretos a Vicente, que parece distraído procurando o ticket de estacionamento na mochila.

Lídia olha outra vez para Vicente, com a camisa de botões cor-de-rosa levemente amassada, óculos quadrados e covinhas nas bochechas. Não tem mais que trinta e cinco anos.

Lídia já viu alunas e alunos de sua turma muito distraídos com o charme do professor para prestar atenção na aula dele, mas, naquele momento, em que os dois alunos estão dando risadinhas e alternando seus olhares entre as telas de seus celulares e Vicente, Lídia entende na hora. Paga o estacionamento e dá boa noite para o professor, evitando abrir um sorriso largo demais.

Já no carro, enquanto Sara coloca o cinto de segurança no banco do carona, Lídia confere seu Lilith rapidamente.

— Sabia. — Ela morde o lábio inferior e ergue as sobrancelhas. — Olha. — Ela mostra a página que alguém tinha criado no aplicativo para Vicente, com a nota dez.

Sara lê o primeiro comentário, que diz que ele era um amor, lindo e simpático, e suspira.

— Que bom saber que ele não é uma decepção. — Ela baixa a tela para ler os outros comentários e arregala os olhos. — "Nunca provei para saber, mas sonho com ele toda noite e, pelo menos no sonho, ele é 10/10. Emoji de fogo, emoji piscando, emoji de berinjela." — Ela dá risada. — Essa gente tá soltinha, hein!

— A beleza do anonimato. — Lídia ri também, pisando no acelerador e manobrando o carro para sair da garagem.

— Ele é casado, não é? — Sara apoia o celular de Lídia no porta-copos. — Imagina se a esposa dele vê isso.

— Marido — Lídia corrige, prestando atenção nos carros à sua frente. — E acho que ele tem mais que fazer do que procurar avaliações do cônjuge num aplicativo do qual ele nem é o público-alvo.

— Verdade. E, mesmo se achar, vai dar graças a Deus que se casou com um dez, não com um quatro.

As duas riem, e Lídia finalmente sai da garagem rumo ao drive-thru.

— "Obrigada a seja lá quem criou este aplicativo, foi libertador poder mostrar a pessoa horrível que meu ex-namorado realmente é."

Com o celular na mão e sentada na cama de Lídia, Sara termina de ler uma das novas avaliações no Lilith, então, limpa o canto da boca suja de ketchup com um guardanapo. Lídia está de costas, sentada na escrivaninha, fazendo uns ajustes finos no sistema do aplicativo em seu notebook. Leva uma batata frita à boca e ri de leve.

— Mas essa gente só arruma homem que não presta, né?

— Em nossa defesa, eles sempre parecem ser ótimas pessoas. No início.

Sara ri do próprio comentário, mas brevemente. Ela se lembra da época em que tinha começado a namorar Xande, quando ele parecia ser o cara perfeito: educado, gentil, insistia em pagar todas as contas e era muito respeitoso com suas amigas; com os amigos homens, sentia-se um pouco deslocado, mas nada de mais. Até que esse pequeno desconforto foi crescendo. Um dia, discutiu com Sara, alegando que ela não lhe dava a devida atenção. No outro, pediu ao garçom que trocasse o ravióli que Sara tinha pedido por uma salada, porque notou que ela estava ganhando peso e se preocupava com a saúde da namorada. Ela não podia reclamar, afinal, quem pagava era ele.

Sara sacode a cabeça, tentando afastar aquelas lembranças, e volta sua atenção para o celular novamente, para a aba de "Feedback" do aplicativo. Lilith já está com trinta e sete avaliações, e uma média de 4,2 estrelas de 5.

— "Lilith é exatamente o que as pessoas estavam precisando. O melhor aplicativo do ano. Sabemos que foi desenvolvido por uma aluna da Universidade Católica de Petrópolis, por isso, nós, alunos do..."

Sara arregala os olhos e para de falar.

— O quê? — Lídia pergunta. Ainda está de costas para a cama e olha para a tela do computador, mas está prestando atenção nas avaliações. — É ruim? — Ela se alarma.

Sara pisca duas vezes, soltando o ar pelo nariz.

— Não, é bom! Olha só!

Ela descruza as pernas e se levanta, levando o celular até Lídia.

— "Nós, alunos do clube de Jornalismo da UCP, gostaríamos de convidar a criadora do aplicativo para uma entrevista." — Lídia arregala os olhos e leva a mão livre ao peito. — "Vamos manter o anonimato, se desejado. Será uma honra ouvir a história de como Lilith foi criado e conversar com uma especialista sobre o grande sucesso que está sendo."

Sara segura os ombros da amiga e a sacode, animada.

— Você é meu orgulho! — Sara a abraça por trás.

— E nada disso teria acontecido sem você, minha musa inspiradora. — Lídia dá um beijo na mão da amiga. — Pode deixar que você vai receber o devido crédito.

O rosto de Sara enrijece ao ouvir aquilo.

— Espera, você vai nos manter anônimas, não vai?

— Vou, óbvio. Só que eles querem saber como a ideia surgiu. Pensei em só mencionar que tenho uma amiga que namorava um cara que…

— Talvez não seja uma boa ideia. — Sara a interrompe, séria.

— Como assim? — Lídia gira na cadeira, fazendo-as ficarem uma de frente para a outra. — Pensa em como isso vai ser uma divulgação ótima para o aplicativo! Esse clube tem milhares de seguidores, da nossa e de outras faculdades!

— Eu sei, mas… — Sara evita encontrar os olhos castanhos de Lídia e coça o próprio cotovelo. — E se ele descobrir? Sabe, que foi por causa dele?

Lídia abre a boca, mas percebe não ter uma resposta.

— Eu não vou entrar em detalhes. — Lídia segura as mãos de Sara com delicadeza, logo, olha rapidamente para seu punho fino. Ela se lembra das marcas. É como se ainda estivessem lá, tatuadas com uma tinta invisível. — Ele não vai saber.

Sara morde a unha do polegar, em silêncio.

— Ei. Você confia em mim?

Hesitante, Sara volta a olhar para a amiga. Sorri de leve e assente.

— Responde, então. Vamos marcar essa entrevista — Lídia diz, confiante. Depois vira a cadeira para a escrivaninha e volta ao trabalho.

Sara se senta de novo na cama. Com o celular na mão, começa a digitar uma resposta para a mensagem do clube de Jornalismo. Enquanto seus dedos pressionam as teclas, lembra-se da vez em que se atrasou para encontrar Xande na casa dele e deixou o celular descarregado durante o dia. Foi recebida por gritos do namorado chamando-a de irresponsável e egoísta. A tela ainda estava rachada no canto direito, porque Xande, em um momento de raiva, tinha pegado o celular da mão dela e o jogado no chão.

Lilith | 153

Ele não vai saber, Sara repete silenciosamente na cabeça, enquanto seus dedos formulam uma resposta amigável ao convite da entrevista.

— Isso é brincadeira. Só pode ser.

Xande tenta rir, mas sua mandíbula está cerrada. As palmas das mãos suadas. Ele coça o queixo, com um pouco de barba por fazer. O som que sai de suas unhas é como o de uma lixa. Lê pela terceira vez o cartaz para o qual o dedo de Arthur aponta, no meio do mural de avisos da faculdade.

Baixe agora o aplicativo Lilith e dê uma avaliação anônima a um ex-namorado, amigo ou ficante! O sucesso de downloads foi criado por uma aluna da UCP, que dará uma entrevista ao vivo para o clube de Jornalismo na nossa página oficial. Acesse nossas redes sociais no dia 18 de maio, às 18h, para saber tudo sobre Lilith!

As letras rosa-choque saltam do cartaz preto, que também contém informações sobre o canal de transmissão da entrevista e um QR Code para baixar o aplicativo. Um calafrio percorre a espinha de Xande. Além de estar tentando processar aquela informação, percebe que há vários murais de avisos espalhados pelo campus. Sempre vê cartazes do clube de Jornalismo em todo lugar. Eles têm uma presença enorme nas redes sociais.

— Adoraria que fosse, mas não é — Arthur diz, sério. Tira o celular do bolso e abre o aplicativo com o "L" cor-de-rosa como logotipo. Digita algo rapidamente e mostra a tela para o amigo.

Os olhos verdes de Xande saltam das órbitas quando vê o perfil de Arthur com um número quatro sobre a foto. Logo abaixo, estão as avaliações anônimas e nada amigáveis.

— Foi daí que veio a piadinha das meninas. — Arthur bufa.

Xande, ainda embasbacado, olha em volta. Sente vários olhares direcionados a eles. Naquele momento, não sabe distinguir se é paranoia ou se todos os universitários daquele campus já sabem da avaliação de Arthur. Ou pior, de uma possível avaliação dele.

— Você viu se tem... — a voz de Xande falha por um momento, mas ele se recompõe — ... algo sobre mim?

Arthur não precisa dizer nada. O jeito como ele desvia o olhar e alterna o peso entre uma perna e outra, inquieto, diz tudo. Com o coração acelerado, Xande toma o celular da mão do amigo e digita o próprio nome no aplicativo. Não demora para encontrar a foto que tirou na praia há uns meses. Lembra-se de como tinha se divertido naquele dia, conseguindo ficar em pé em uma onda de quase dois metros e de como ele e os amigos ficaram até o pôr do sol sentados na areia, bebendo cerveja e fumando baseados. A memória se destrói em milhares de pedaços quando ele percebe a nota um sobre a foto. Aperta o celular com tanta força ao ler a avaliação que o aparelho quase escorrega de sua mão.

— Aquela filha da...

Arthur percebe o rosto do amigo ficando vermelho e uma veia pulsando na testa. Com medo de que Xande faça uma cena no meio dos pilotis, Arthur direciona o amigo até uma das pilastras mais afastadas, perto da saída. Xande está quase espumando pela boca.

— Foi a Sara, eu sei que foi ela. — Os nós dos dedos da mão livre de Xande estão brancos, de tanta força que usa para cerrar o punho.

— Calma, cara. Não perde a cabeça. — Arthur coloca as mãos nos ombros de Xande, que pula para trás bruscamente, como se tivesse levado um choque.

— O que eu faço agora, hein? — Xande volta a olhar em volta, como se tivesse milhares de pares de olhos fuzilando-o silenciosamente.

— Não sei — Arthur diz, irritado. Encara a tela do próprio celular e morde o lábio inferior. Ergue a sobrancelha em direção ao amigo. — E se eu te der uma nota dez e você der uma para mim?

Xande franze a testa. Arthur continua falando:

— É anônimo isso, não é? Com uma nota dez, a média cresce, pelo menos.

— Quem te garante que é anônimo? — Xande tenta falar baixo, mas obviamente ainda está atordoado. — E se vazarem? Quer que a faculdade inteira ache que eu e você somos...? — Ele faz uma careta. Não tem coragem de continuar.

Arthur sacode a cabeça.

— Tem razão.

Xande pega o celular de novo e digita "Sara" na barra de busca do aplicativo. Nenhum resultado aparece. Apaga o nome, tenta mais uma vez e nada. Para testar, coloca "Pedro", e mais de trinta pessoas aparecem disponíveis para avaliações.

— Só dá para avaliar homem nesse aplicativo, que merda! — Ele grunhe.

Arthur guarda o celular, com medo de que, em um acesso de raiva, Xande o quebre.

Os dois voltam ao centro dos pilotis, em frente ao cartaz do clube de Jornalismo.

— E aí, mais alguma ideia?

— Não sei. — Xande se aproxima do cartaz, lendo novamente o aviso e cerrando os dentes.

Parece que o cartaz está debochando dele. Consegue imaginar que, nos próximos dias, uma foto sua e outra de Arthur, com suas respectivas avaliações, estarão circulando por aquele mural de avisos. Ele vai se tornar a piada da universidade com aquela nota um. Se é que já não era.

— Mas ela vai se arrepender. — Dito isso, Xande arranca o cartaz com força do mural, deixando as pontas ainda presas pelos alfinetes. Amassa o papel, joga-o no chão e faz questão de pisar com o tênis sujo de terra nele, até que não sobre quase nada.

— Boa noite, amigos universitários do Rio de Janeiro! Aqui quem fala é a apresentadora que vocês já conhecem e ouvem toda quarta-feira, Elisa Ferraz. — A presidente do clube de Jornalismo acena para a câmera do próprio computador, em um dos estúdios de gravação da faculdade. — Obrigada por estarem aqui para mais um *Elisa convida*, a sessão de entrevistas que nós, do clube, fazemos com alunos da faculdade e outras personalidades com histórias interessantes para contar.

Elisa confere, no canto da tela do computador, o número de pessoas que entraram na transmissão ao vivo. Normalmente, seu público cativo costumava ter entre trinta e quarenta pessoas, mas o evento mal começou e já tem cinquenta e duas pessoas acompanhando, cada uma em seus computadores ou celulares. Elisa olha de relance para Pedro Diaz, responsável pela divulgação e mídias sociais do clube. Ele fez um belo trabalho anunciando sobre Lilith. Pedro ergue o polegar em sinal de positivo para a presidente, que sorri satisfeita.

— Hoje estamos aqui com uma convidada muito especial, que causou um certo... movimento nos corredores do nosso campus. — Elisa dá um risinho. — Ela prefere se manter anônima, o que eu particularmente acho o máximo. Ajuda a contribuir para o mistério que é o aplicativo que ela criou. Para manter a privacidade, vamos chamá-la pelo próprio nome do

Lilith | 157

aplicativo, que, afinal, é um nome feminino. Lilith, você está me ouvindo?

Lídia ajusta o volume do próprio computador. Preferiu que a entrevista fosse virtual, para que não corresse risco de alguém avistá-la saindo do estúdio da faculdade, ou para que nenhum dos membros do clube de Jornalismo acabasse deixando escapar sem querer, ou de propósito sua identidade. Instalou um VPN que bloqueava seu endereço de IP, só para garantir. No fundo, teria até gostado de se revelar e ganhar o prestígio que merecia por ter desenvolvido Lilith, mas tinha prometido a Sara que manteria o anonimato.

— Estou, sim. Obrigada por me convidar para a entrevista, Elisa. Estou animada para contar a vocês um pouco sobre meu aplicativo.

Lídia se surpreende com a naturalidade com a qual as palavras saem de sua boca. Normalmente, quando apresenta trabalhos em grupo na faculdade, prefere ser a que menos fala e a que realmente faz o trabalho. Não se importa com os alunos mais extrovertidos que normalmente pedem para que ela coloque seus nomes na apresentação, mesmo eles não tendo feito quase nada. Mas com Lilith parecia ser diferente. Adora ouvir os alunos conversando sobre o aplicativo nos corredores. Sente um calor percorrendo o corpo toda vez que uma nova avaliação positiva aparece na página de "Feedback". Sentiu um orgulho gigante de si mesma quando viu o convite de Elisa para a entrevista. Ela merecia aquele crédito. Havia criado algo do nada e que estava ajudando centenas de pessoas. Conforme as semanas passaram, percebeu que Lilith já estava circulando por outras faculdades, e não só no Rio de Janeiro. É um fenômeno.

Elisa começa com algumas perguntas básicas sobre o que é o aplicativo, como funciona e qual tinha sido a inspiração para criá-lo. Lídia faz como prometeu a Sara: não dá muitos detalhes, mas entrega o suficiente para deixar Elisa e o público intrigados.

— Enquanto a gente conversa, o pessoal está mandando perguntas, e o Pedro está filtrando algumas para eu te fazer. No momento, estamos com noventa e oito pessoas nos assistindo!

Lídia sente as bochechas queimando, mas não de vergonha. De entusiasmo. Nunca ninguém havia se interessado tanto assim por ela.

— Ok, vou responder com o maior prazer.

— Maravilha. — Elisa divide a tela do computador entre a gravação e as perguntas que Pedro a havia mandado em paralelo. — A primeira pergunta é da Paula, e ela quer saber se você já fez alguma avaliação de um ex-namorado.

Lídia nunca namorou. Não tinha tempo. Sempre esteve ocupada estudando para tirar as melhores notas, para conseguir uma bolsa para o curso de Ciência da Computação e em projetos pessoais.

— Vocês podem achar que é mentira, mas não fiz. Só abri o caminho para que outras pessoas fizessem — Lídia responde, em um tom descontraído.

— Confesso que fiz a minha contribuição — Elisa comenta, e as duas riem. — Legal, a próxima pergunta é do Felipe. Ele quer saber se só mulheres podem avaliar ou é aberto para homens também?

Lídia pensou nessa possibilidade enquanto desenvolvia o aplicativo. No fim, acabou percebendo que pelo menos metade dos alunos da faculdade era LGBTQIAPN+. Seria um desperdício e uma discriminação estúpida manter as avaliações só para mulheres.

— Boa pergunta, Elisa. É algo que eu preciso especificar melhor no aplicativo. Você só pode avaliar homens, mas a

Lilith | 159

avaliação pode ser feita por qualquer pessoa. Eu sei que tem muito homem por aí que já namorou sua cota de trastes também. — Ela ri pelo nariz.

— O Pedro está aqui concordando com muita firmeza.

— Elisa ri. — E, olha só, chegamos a cento e doze pessoas nos acompanhando! Ainda nesse assunto, por curiosidade, você acha que algumas críticas positivas nos perfis são dos próprios homens ou amigos tentando aumentar as notas?

— Não é tão comum, mas, de vez em quando, vejo algumas. Dá para ver quando não são autênticas, elas destoam bastante. — Lídia segura a risada. Ela se lembra de um rapaz que tinha a nota três e várias avaliações de "pouca higiene básica", e apenas um comentário lhe dando uma nota dez que dizia "tem um pinto enorme".

— Bem, a próxima pergunta é do Alexandre. Ele quer saber por que só se pode avaliar homens no Lilith.

Lídia sente um calafrio ao ouvir aquele nome. Morde o lábio inferior, torcendo para que seja só uma coincidência. Ela se lembra de Xande. Da época em que ele namorava Sara. Era um Neandertal. Tinha de estar ocupado demais pensando em si mesmo para prestar atenção em um aplicativo. Pelo menos é o que ela esperava.

— Vou ser sincera, Elisa. A grande maioria dos relacionamentos abusivos, das expectativas frustradas, das traições, vem de homens. Isso é fato.

Elisa não diz nada. Lídia sente a garganta seca. A verdade é que não havia pesquisado tão a fundo a respeito daquilo. Mas não podia dizer o verdadeiro motivo sem entregar sua identidade.

— E achei que, se liberasse o aplicativo para avaliar mulheres também, perderia o propósito. Iria virar uma bagunça de comentários que não agregariam nada. Eu construí o Lilith

160 | Giulia Paim

para que fosse uma plataforma confortável para mulheres, principalmente, se expressarem.

— E se, pensando alto aqui, alguém quiser avaliar uma pessoa não-binária?

— Hã... — Lídia pensa um pouco. Se sente uma burra por não ter considerado aquilo. — Bem, isso é algo que posso levar em consideração numa próxima atualização.

— Certo. A próxima é do... — Elisa confere duas vezes, para ter certeza de que tinha lido certo. — Alexandre também. Não sei se é outro ou se é o mesmo.

Lídia cerra a madíbula.

Isso é uma coincidência, é só uma coincidência.

— Ele quer saber se... na verdade, não é uma pergunta. — Elisa lê o texto antes de falar, e não consegue evitar soltar uma pequena exclamação. — Meu Deus!

— O quê? — Lídia sente as axilas suando.

— Desculpa, Lilith. É que acabamos de receber uma informação novíssima que acho que o público que está nos assistindo vai se interessar muito em saber. E, deixa eu ver, estamos agora com... cento e sessenta e três pessoas assistindo. Vocês adoram uma fofoca!

A voz de Elisa tem tom de curiosidade e animação, como se estivesse prestes a soltar uma fofoca das boas. Lídia não está com um bom pressentimento.

— Acabou de ser lançado o aplicativo Adam, que tem a mesma proposta de Lilith, mas ao contrário. Onde mulheres podem ser avaliadas. Já está disponível para download, e você pode encontrar o perfil das mulheres com a mesma facilidade do perfil dos homens no Lilith. É literalmente o oposto. Uau.

Lídia sente o coração acelerar. Quase desliga o computador e finge não ter ouvido aquilo. Imagina se Sara já estivesse sabendo disso e se Xande já tivesse postado uma avaliação grotesca sobre ela? Sente um gosto ruim na boca e uma súbita vontade de vomitar.

— Que bomba! — Elisa diz, animada. — Bem, o que você acha sobre isso, Lilith?

Lídia está sem palavras. Abre o celular e procura por "Adam" na loja de aplicativos. Lá está, uma cópia barata de Lilith, com um "A" verde em um fundo preto. Parece bem improvisado, básico, e, de longe, com a qualidade bem inferior à de Lilith, mas está lá.

Disponível. Qualquer mulher agora pode ser avaliada também. Inclusive Sara.

— Lilith? Ainda está aí?

Lídia respira fundo. Não pode demonstrar insegurança. Não com mais de cem pessoas a ouvindo, sendo uma delas, com certeza, Xande. E parecia que ele tinha algo a ver com aquele novo aplicativo ridículo.

— Nossa, que original — Lídia zomba, a voz extremamente calma. — Típico de masculinidade frágil. Eles não aguentaram a verdade e precisaram criar um novo aplicativo, de vingancinha.

— Então você não está preocupada?

— Eu não. O que vão fazer? Me xingar? Só vai provar que eles têm a mente de crianças da quinta série.

Depois da resposta surpreendentemente confiante de Lídia, Elisa muda de assunto e a conversa continua, mais leve. Lídia consegue manter a postura calma durante o resto da transmissão ao vivo, a voz sem falhar por um segundo sequer. Mas, por dentro, está apavorada.

※

— Lídia. Acorda, Lídia!

Os cochichos desesperados de Sara não são suficientes para fazer a amiga despertar, então ela toma uma medida mais drástica. Aperta a lateral da barriga de Lídia com a ponta da unha, a qual sabia que era uma área sensível. Lídia desperta subitamente, derrubando no chão o próprio celular, que estava ao lado do rosto. Dá dois tapas na própria bochecha e pega o aparelho, que tinha ido parar embaixo da mesa do refeitório.

— Não dormiu nada essa noite? — Sara pergunta.

Lídia nem sequer ergue a cabeça, apenas a sacode de leve. Os olhos estão cravados na tela do celular, vermelhos. As íris se movendo rápido demais.

— Um monte de gente já se registrou nesse aplicativo novo. — Lídia aperta os olhos por um segundo. Eles ardem. As palavras, os comentários e as avaliações que vê em Adam vão ficando embaçados. — As coisas que eles estão dizendo... — Ela cerra os punhos.

Sara abaixa a cabeça.

— Eu vi. É nojento.

Sara nota os olhos da amiga úmidos. Não sabe ao certo se é cansaço, raiva, tristeza ou uma mistura de tudo.

— Como eles acham que isso não tem problema? — Lídia passa as mãos pelos cabelos crespos, puxando-os. — Como conseguem andar por aí, conversar, ter amigas mulheres e ao mesmo tempo comentar esse tipo de coisa sobre elas?

Sara tenta tirar o celular da mão de Lídia, que, mesmo cansada, ainda tem bons reflexos e impede a amiga.

— Não importa quanto eu denuncie, quanto eu reporte, ninguém faz nada! — Lídia grunhe.

Sara suspira. Já fazia alguns dias que via a amiga assim, desde que a notícia de Adam havia se espalhado. A primeira coisa que fez foi procurar uma avaliação sua, e não se surpreendeu ao encontrar sua foto, uma nota um e vários xingamentos que eram obviamente de Xande. *Fácil, manipuladora, vitimista...* Lídia garantiu a ela que cuidaria daquilo e tiraria Adam do ar, mas já havia se passado uma semana e nada havia mudado. Pelo contrário, Adam estava muito popular, e cada vez mais avaliações daquele nível surgiam sobre meninas que elas conheciam. Meninas com quem elas tinham aulas, com quem conversavam no refeitório, que lhes pediram conselhos sobre Lilith. Meninas menores de idade.

A energia das mulheres naquela faculdade, que há pouco tempo parecia tão animada, tão eufórica, se tornou pesada. Sara não ouvia mais ninguém conversando sobre o Lilith nos corredores, só uma vez ou outra ouvia alguém dizer que tinha deletado o aplicativo. Começou a ouvir grupos de amigas, principalmente no banheiro feminino, desesperadas com as avaliações que vinham recebendo. Eram quase ameaças.

Era impressionante como o anonimato transformava os homens em animais. Pior ainda, como aquelas descrições eram coisas que já se passavam na cabeça deles, só precisaram da proteção da internet para colocar para fora.

— Deixa para lá. Uma hora eles cansam — Sara diz, a voz com uma ponta de incerteza. Era como se ela estivesse tentando convencer a amiga e a si mesma ao mesmo tempo.

— Lógico que não. — Lídia vira o copo com o restinho de café já frio, e faz uma careta. — É culpa minha que você e várias meninas estejam sendo expostas nesse esgoto. Vou arranjar um jeito de tirar esse aplicativo do ar.

Lídia aperta o celular na mão com força. Sara pensa em insistir mais, mas sabe que não tem jeito. Passou a semana inteira tentando convencer Lídia de que aquilo não era sua culpa, mas sabia que a amiga era cabeça-dura e não ia escutar.

Horas depois, já em outra aula, Sara pega o celular e fica encarando a avaliação de si mesma no Adam. Aquelas palavras horríveis logo abaixo de sua foto sorrindo enquanto segurava um copo de açaí com leite condensado pela metade.

Lídia tinha tirado aquela foto. Foi logo depois de passar quase dois meses só comendo salada e suco verde, por recomendação de Xande.

Você está tão linda, falei que o esforço ia valer a pena.

Sara estremece só de lembrar. Mas depois olha para a foto de novo e consegue ouvir Lídia falando:

Come o que você quiser! Você está livre! Olha para a câmera! Senhoras e senhores, Sara Albuquerque, a rainha do açaí!

Sara deleta Adam de seu celular. Sabe que tentar denunciar várias vezes, como Lídia estava fazendo, não ia ajudar. Fazer comentários anônimos só a colocaria no mesmo nível dos usuários do Adam. Ela precisava ir à fonte. Sem se esconder.

Ela respira fundo. Bloqueia e desbloqueia a tela do celular várias vezes até criar coragem para conseguir ir em frente. Pensa em Lídia, em tudo que trabalharam juntas, em todo o apoio que ela lhe deu. Pensa na foto do açaí. E a determinação fala mais alto que o medo.

Sara vai até a lista de contatos bloqueados. Só há um número. Sem voltar atrás, desbloqueia-o e envia:

Precisamos conversar. Me encontra no anfiteatro depois da última aula.

Lídia acorda às sete da manhã com o celular apitando várias vezes seguidas. Seu quarto se ilumina com a tela do aparelho. Ela precisa de alguns segundos para perceber que aquilo não é o despertador, que só tocava às oito nas quintas-feiras com a música de abertura de *Ghostbusters*.

Ela resmunga para si mesma e esfrega os olhos. O celular continua apitando, parece que está quebrado. Finalmente conseguiu ter uma noite mais ou menos decente de sono desde o lançamento de Adam, e logo nesse dia alguém já a estava enchendo a paciência de manhã cedo.

— Acho bom ser importante — diz a si mesma, depois, tosse duas vezes para a voz ficar menos rouca.

Sua irritação logo se transforma em choque. A tela do celular mostra várias notificações no perfil do Instagram. Lídia nem lembrava que tinha uma conta no aplicativo, só tinha dez seguidores e duas fotos postadas há mais de um ano. Agora estavam inundadas de comentários de usuários com nomes anônimos do tipo @fsjkgls123. E não eram comentários positivos.

Lídia abre o perfil do Instagram e percebe que ganhou uma quantidade considerável de seguidores, mas os comentários maldosos não param de aparecer. "Você é a culpada de tudo." "Morra, sua vadia." "Mal-amada. Fez tudo isso só porque ninguém te quer", e muito mais.

O que diabos está acontecendo?

Com a cabeça um pouco zonza — é muita informação para processar tão cedo —, Lídia abre suas notificações. Precisa encontrar uma explicação para aquilo. E não demora tanto para achar. O perfil do clube de Jornalismo da faculdade, que a entrevistou sobre Lilith, mencionou-a em um post que dizia: "A criadora de Lilith foi revelada".

Lídia sente o sangue ferver. Eles juraram que iam mantê-la no anonimato. Mas, pelo visto, espalhar um segredo para gerar ainda mais burburinho e ganhar mais seguidores era o que realmente importava.

Com muita relutância, Lídia baixa o aplicativo Adam brevemente, só para conferir algo que já parecia óbvio. Bastam meros dez segundos para encontrar seu perfil lá. E os mesmos xingamentos, senão piores, se empilham embaixo de sua foto, ao lado de uma nota um.

Nada está acontecendo do jeito que deveria. Lídia só queria ajudar pessoas a encontrarem companheiros melhores. Nunca tinha sido notada por um garoto sequer na faculdade, mesmo sendo uma das poucas alunas do curso de Ciência da Computação. Odiava admitir, mas no fundo queria que pelo menos um deles soubesse de sua existência. Elogiasse sua aparência. Chamasse-a para sair. *Cuidado com o que deseja*, não é isso que dizem? Bem, agora todo o corpo estudantil masculino e heterossexual da faculdade sabia quem ela é. E queria sua cabeça em uma bandeja.

E era tudo culpa de Elisa e dos traidores do clube de Jornalismo. Aliás, como eles descobriram?

Lídia se levanta, abre a porta do armário com violência e quase arranca um botão da jaqueta jeans de tanto ódio quando se veste. Pega o celular para jogar na bolsa e percebe que, no mar de notificações, há algumas ligações perdidas de Sara, mas não tem cabeça para ligar para a amiga no momento. Pega as chaves do carro e uma banana na cozinha, então, desce para a garagem do prédio.

Ela precisa tirar aquilo a limpo imediatamente.

A sensação de andar naquele campus em direção ao estúdio do clube de Jornalismo recebendo olhares de absolutamente *todos* os alunos faz Lídia se sentir como se tivesse sido acusada de bruxaria na Idade Média. A maioria a encara com ódio — tanto homens quanto mulheres. O que faz sentido, afinal, foi graças a ela que muitas pessoas começaram a ser expostas da pior maneira possível. Outras, poucas, a olham com pena. Meninas que haviam dado excelentes avaliações ao aplicativo Lilith e agradecido por terem uma oportunidade de falar sobre suas experiências ruins. Lídia sente o sangue se concentrando nas bochechas e as costas suadas enquanto anda rapidamente, tentando encarar o chão.

Ela tem de se controlar para não esmurrar a porta do pequeno estúdio que o clube de Jornalismo alugava para suas transmissões ao vivo, ou projetos variados, quatro vezes na semana. Depois de algumas batidas sem resposta, ela percebe que ainda não são nem nove da manhã, e, pela fresta da porta, vê que as luzes estão apagadas.

Lídia grunhe de frustração. Ela precisa falar com Elisa de qualquer maneira para esclarecer aquilo tudo. Mas, pensando bem, talvez seja melhor esperar até mais tarde. Sua cabeça vai estar mais fria, assim ela espera.

De volta ao corredor principal do prédio que dá em algumas salas e um banheiro, Lídia prefere evitar o contato com os alunos que vêm das escadas, optando pelo elevador no canto esquerdo. Aperta o botão para chamá-lo com tanta força que sente uma dorzinha no indicador. Tenta se manter firme, mesmo os joelhos dando sinal de que querem despencar. Ela precisa se acalmar, mas os olhares cravados nela como facas não estão ajudando. Sem mencionar o celular, que não para de vibrar com mais um monte de notificações. Uma delas é uma mensagem de Sara dizendo que precisa conversar com ela.

A porta do elevador se abre, e Lídia se arrepende imediatamente de não ter ido de escada. Ela tem um sobressalto ao dar de cara com o rosto bronzeado, a mandíbula marcada e o piercing na sobrancelha.

Xande dá um risinho ao notá-la e segura a porta para ela. Durante uns três segundos — que parecem uma eternidade —, Lídia não consegue se mover. Ver aquele rosto bonito e debochado, aqueles dedos com anéis de prata usados para escrever atrocidades contra Sara só aumenta ainda mais sua raiva.

— Pode entrar, dona Lilith. — Ele sorri ironicamente e passa por ela.

Lídia dá dois passos pesados e entra no elevador, com a garganta seca. Observa Xande caminhar em direção a uma das salas depois de sair do elevador, segurando a mochila semiaberta em um ombro só, sem um pingo de preocupação no semblante. As portas do elevador quase se fecham, mas, no último instante, Lídia as segura e dá dois passos à frente. Ela tenta transformar toda a raiva que está acumulada em seu corpo em coragem e grita:

— Foi você?

Prestes a entrar na sala mais próxima ao banheiro, Xande para e se vira.

— Fui eu o quê?

Lídia inspira e expira profundamente e, mesmo com cada músculo de seu corpo querendo continuar parado e deixar a porta do elevador fechar, ela dá alguns passos à frente e tenta manter a voz firme.

— Que criou o Adam. E espalhou que fui eu que criei o Lilith.

Xande ergue a sobrancelha esquerda, fazendo o piercing se mover com ela.

— Foi um trabalho em conjunto, digamos assim. — Ele dá um risinho em tom de deboche. — Você acha que homens não podem se juntar em prol de uma causa, como as mulheres fazem? Meio preconceituoso da sua parte, hein?

— Pode colocar "preconceituosa" na minha avaliação, então. Sabe, do lado de "puta", "baranga" etc.

Xande ri alto. Alguns alunos que passam pelo corredor lançam olhares curiosos aos dois, que agora estão mais próximos um do outro.

— Ué, vocês podem escrever o que quiserem, mas nós não?

Lídia morde os lábios. Tem tanta coisa para dizer a ele, tanta vontade de espalmar a mão naquela bochecha com barba por fazer... mas algo no semblante de Xande a deixa receosa. Sara tinha lhe dito aquilo antes, mas ela nunca botou muita fé. Como Xande se portava para sempre conseguir o que queria. Como ele conseguia fazer as pessoas acreditarem que ele era o certo da história.

Ela sabe que rebater o comentário dele não fará efeito, então tenta uma abordagem diferente.

— Tem razão. Não vamos ser hipócritas. — Ela se controla para não cerrar os punhos. — E parabéns por descobrir que era eu. Achei que tinha me escondido bem, mas, pelo visto, dei algum mole. — Ela abre um sorriso falso.

Xande se aproxima um pouco mais e passa a mão na nuca, sorrindo levemente.

Nada como uma massagem no ego.

— É, deu um molezinho. — Ele dá de ombros. — Foi só arrumar uns três nerds daquele curso lá de programação, que a gente te encontrou facinho.

Se controla, se controla. Lídia finge rir do comentário dele.

— Sério, só isso?

— É. Ah, e a Sara me deu uma dica também. No início acho que ela queria que eu pensasse que era ela, mas... convenhamos, ela não é tão nerd a ponto de criar um aplicativo do zero, né?

Ao ouvir aquele nome, o sorriso falso de Lídia se esvai. Sua bolsa a tiracolo quase escorrega do ombro. Ela sente o coração parar de bater por um segundo.

— A Sara... falou com você?

— É, uns dias atrás. — Xande pega o celular que acabou de apitar e vira o pescoço para a porta fechada atrás dele. — Tenho que ir. Manda um beijo pra Sara, fala que, se ela quiser dar um rolê, estamos aí. — Ele não espera Lídia, ainda imóvel, responder. Ela se vira e entra na sala, sem se preocupar se estava atrasado.

Parada no meio daquele corredor estreito, recebendo olhares de pessoas que passam, Lídia tenta processar o que havia acabado de ouvir. O que diabos Sara estava fazendo com Xande de novo? Depois de tudo que ela passou para finalmente terminar o relacionamento? E que história era aquela de tentar fingir que era ela a criadora de Lilith? Não fazia sentido.

Lídia toca na própria bolsa, sentindo de leve o volume do celular no fundo. Lembra que tinha ligações e mensagens perdidas da amiga, mas estava ocupada demais tendo um ataque de nervos para prestar atenção. E se tiver a ver com o que Xande disse?

Lídia engole em seco. *E se ele tirou informação dela à força?*

Como se tivesse despertado de um coma, Lídia nem sequer espera o elevador e desce as escadas correndo. Era comum ver, de vez em quando, alguém atrasado para uma prova ou entrega de trabalho, esbarrando sem querer nas pessoas que passavam pelas escadas, e nesse momento parece que Lídia tem apenas um minuto para entregar seu trabalho de conclusão de curso. Quase manda uma garota baixinha com grandes fones cor-de-rosa no ouvido pelos ares, mas desvia a tempo de só esbarrar em seu ombro.

E é só quando ouve o próprio nome que Lídia percebe quem a garota é.

Lilith | 171

— Lídia, oi! — Elisa, a presidente do clube de Jornalismo, acena e pousa os fones no pescoço. — Imagino que você esteja me procurando sobre... bem, sobre o que aconteceu ontem à noite. — Ela ri inocentemente.

Elisa está certa. Ela era a pessoa que Lídia mais queria ver para tirar a situação a limpo, que merecia um soco na cara pela exposição, com quem Lídia queria gritar para exigir respostas. Mas aquilo tinha saído da sua lista de prioridades. Lídia sabe que precisa encontrar Sara. Que a amiga por algum motivo confrontou o ex-namorado abusivo e deve estar precisando dela.

— Depois a gente conversa. — Dito isso, sai em disparada para o prédio de Ciência da Computação.

Enquanto anda apressada pelos corredores, tentando não esbarrar em alunos distraídos com seus celulares ou conversas com amigos, Lídia desbloqueia o próprio celular e confere as ligações perdidas de Sara. São sete no total, e todas da noite anterior. Lídia clica no nome da Sara e leva o celular ao ouvido, odiando a si mesma por não ter dado atenção à amiga. O celular toca por dois minutos, sem ninguém atender.

Vc tá na faculdade? Vamos conversar. Desculp
nao teratendido antes. Preciso saber se tá tudo
bem com vc. Por favor, me respondeassimque
puder.

Lídia digita com tanta pressa que algumas palavras acabam saindo sem uma letra ou grudadas umas nas outras.

Segurando o celular como se fosse a Tocha Olímpica, Lídia abre a porta da sala B19, onde ela e Sara têm aula de Geometria

Analítica às nove horas todas as quartas e sextas-feiras. A turma contém, na teoria, trinta e cinco alunos nas quartas e uns vinte e poucos nas sextas. Já tem uns quinze na sala quando Lídia entra. Ela busca rapidamente por uma cabeça loira de cabelos longos e lisos, mas não a encontra. Senta-se estrategicamente perto da porta para poder ver qualquer pessoa que entra e não tira os olhos dali, mesmo quando a professora começa a chamada.

Vinte minutos depois de a aula ter começado e nada de Sara ter aparecido, Lídia dá um pulo na cadeira quando sente o celular vibrando na mão. Seu coração acelera ao ver o nome de Sara na tela. Ela leva o aparelho até as coxas, embaixo da carteira, e lê.

Estou em casa. Não vou hoje.

Com a garganta seca, Lídia digita.

Você tá bem? Ele fez alguma coisa com você?

Sem resposta por dois, três, cinco minutos. Mas a mensagem foi visualizada.

Você pode me falar. Tô preocupada.

Novamente, nada. Mensagem lida. Exatamente como alguns meses atrás. Sara lhe avisava toda animada que teria um dia romântico com o namorado, depois sumia sem dar notícias. E, na maioria das vezes, estava triste e magoada na próxima vez que se encontravam.

Lídia percebe, com o canto do olho, que dois rapazes olham para ela e apontam para algo nos próprios celulares, dando risadinhas. Ela se esforça para ignorá-los por mais cinco

Lilith | 173

minutos, tentando manter a atenção em uma possível resposta de Sara. Mas a resposta não vem, e os dois continuam rindo e debochando. Irritada, ela se levanta, puxa a bolsa de trás da cadeira e encara os dois com ódio.

— Depois reclamam que as mulheres deixam vocês na "*friend zone*". — Ela faz o sinal de aspas com as mãos. — Não é porque vocês são bonzinhos, é porque são babacas que nem todos os outros.

Os dois ficam sem reação, e algumas risadas ecoam na sala, mas rapidamente são cortadas pela professora.

— Lídia! O que é isso?

— Desculpa. Já estou de saída. — Ela lança um último olhar fuzilante aos garotos, abre a porta da sala e fecha-a na velocidade da luz.

Lídia caminha a passos largos até o estacionamento da faculdade, sentindo as axilas transpirando. Mesmo com pressa, percebe que os olhares de raiva direcionados a ela se transformaram em olhares debochados, e os de pena, em olhares alarmados. Como se algo chocante tivesse acontecido nesse meio-tempo. Lídia não se dá ao trabalho de olhar as redes, pois sabe que só pioraria a situação. Mas, pela tela de bloqueio, vê que Sara ainda não tinha respondido à sua mensagem. De repente, ao chegar no estacionamento e avistar o próprio carro na vaga onde o deixou, mas agora coberto de ovos escorrendo pelos vidros e para-choque, tem de se controlar para não jogar a bolsa no chão e gritar até os pulmões ficarem sem ar.

O cheiro de ovo cru está impregnado no carro, e qualquer um que passava olhava e dava risada, ou saía andando para não se envolver. Com o queixo e a mão que segura a chave tremendo, Lídia abre a porta e aciona o limpador de para-brisa. Esfrega os olhos com força, engole o choro que ameaça sair diante daquela situação, e precisa de umas três tentativas até conseguir pôr o cinto de segurança, de tanto que as mãos tremem. Não consegue acreditar que a situação tenha chegado àquele ponto. No entanto, ainda se sentindo completamente humilhada, sua prioridade número um é Sara.

O trânsito está um pouco devagar, normal para uma quarta-feira de manhã. Lídia leva vinte minutos para chegar até o prédio de Sara. O porteiro já a conhece, então abre a cancela assim que avista seu carro diminuindo a velocidade. Lídia repara que o homem estica o pescoço com um olhar curioso ao avistar os ovos quebrados escorrendo pelo veículo.

— Trote da faculdade. — Ela abre a janela do passageiro e se esforça para sorrir. O porteiro assente, ainda parecendo um pouco confuso, e lhe dá bom dia.

— Sara? — Lídia dá três batidas na porta. Do lado de fora do quarto da amiga, consegue ouvir o computador dela ligado e um episódio de *Friends* passando. Lídia sabia que assistir àquela série era uma espécie de refúgio para Sara, algo que ela sempre fazia quando não estava nos seus melhores dias. Durante o relacionamento com Xande, reviu no mínimo cinco temporadas.

— Quê? — uma voz fraca se projeta do lado de dentro.

— Sou eu.

Lídia ouve um suspiro, seguido da série sendo pausada. Sara não diz mais nada, mas, como também não a manda ir embora, Lídia deduz que pode entrar. Gira a maçaneta com delicadeza e avista Sara deitada na cama, com vários travesseiros ao redor e o computador apoiado no colo. Seu rosto está pálido e com olheiras, e o longo cabelo loiro, preso em um coque malfeito. Usa um moletom vermelho grande que cobre as mãos quase por inteiro.

— Desculpe não ter te atendido mais cedo. — Lídia se senta na beirada da cama. — Estava com tanta raiva da Elisa por ter me exposto e feito a faculdade inteira me odiar, que nem me toquei.

— Não tem problema. Você não tinha como saber — Sara responde, apoiando o computador em um dos travesseiros e se sentando de pernas cruzadas. — Foi horrível hoje?

— Nossa. — Lídia bufa. — Era como se eu estivesse usando um "A" vermelho na camisa. Até ovos jogaram no meu carro.

— O quê?! — Sara franze a testa.

— É. Quase todo mundo agora me conhece como "a pessoa que estragou tudo". Bem, pelo menos nenhum ovo foi em mim. — Ela dá um riso triste. — Mas me conta, o que acontec...

Antes que Lídia pudesse voltar ao assunto principal, percebe que o lábio inferior de Sara está tremendo e seus olhos, se enchendo de lágrimas. Ela tenta disfarçar olhando para o lado, mas não tem sucesso.

— Ei, fala comigo. O que houve? — Lídia se aproxima e toca o braço da amiga, que ainda não consegue olhar para ela.

Depois de alguns segundos tentando se recompor — e falhando —, Sara finalmente consegue falar, com a voz trêmula:

— A culpa é minha. Não é justo com você nem com todas essas meninas... — Sem aguentar mais se conter, começa a chorar.

— Como assim? Óbvio que não! — Lídia a abraça de lado.

— É, sim! — Sara esfrega os olhos com a manga do casaco, depois continua, as lágrimas ainda caindo. — Se eu não tivesse sido idiota e terminado com o Xande antes de ele ter feito tudo aquilo, você nunca teria precisado criar o aplicativo, e...

— Sara, mesmo assim, quem criou fui eu. E não me arrependo! Ele é um imbecil e mereceu ser exposto.

— Eu que sou a imbecil. — Sara cobre o rosto com as mãos e chora mais um pouco. Preocupada, Lídia lhe dá um abraço apertado. — Depois de tudo aquilo, eu tentei falar com ele para tirar o Adam do ar, que Lilith tinha sido ideia minha e tudo mais. Realmente achei que ele teria um pingo de compaixão.

O coração de Lídia dói ao ouvir aquilo. De tristeza e raiva.

— Sara, o que ele fez com você?

Sara dá um suspiro e levanta o rosto, finalmente pousando os olhos vermelhos na amiga.

— Falou que eu merecia. Que era culpa minha. Que não tinha que falar sobre nosso relacionamento na internet e que devia ter esperado as consequências. Que só estava pagando na mesma moeda. — Sara funga. — E outras coisas. E ele tem razão, fui eu que comecei tudo mesmo.

— Sara, me escuta — Lídia diz, séria, sem piscar. — Ele fala essas coisas para entrar na sua cabeça, sempre foi assim. Quer que você se sinta culpada e que ele saia como o certo da história. Enche sua consciência de porcaria. Por favor, não acredita no que ele diz, ele é um babaca!

Lídia tenta puxar Sara para mais perto segurando seu punho esquerdo, mas para ao ouvir um gemido de dor. Seus olhos dobram de tamanho e cravam na manga do moletom vermelho.

— Sara… — Lídia diz, atônita.

— Não foi nada. Eu só saí andando, e ele me puxou porque não tinha terminado de falar…

Lídia continua com uma expressão de horror. Com a mão trêmula, aponta para a manga do casaco de Sara, mas não diz nada. Sara morde os lábios e, relutante, puxa a manga para cima, revelando uma pequena marca azulada logo abaixo de seu punho.

Ele fez de novo.

— Não briga comigo, por favor. Eu sei que foi errado ir atrás dele, mas… eu estava tentando ajudar e…

Lídia abraça Sara como se as duas não se vissem há meses. Não aguenta e deixa as lágrimas caírem de seus olhos também. A parte da manhã agora parece tão distante, os olhares de ódio, os ovos em seu carro…

Tudo parece ter perdido a importância depois de ouvir aquelas palavras doloridas.

— Nada disso é sua culpa. Você foi extremamente corajosa de tentar falar com ele, isso, sim. — Lídia afaga o cabelo da amiga. — Ele nunca mais vai encostar um dedo em você. Nunca mais vai aparecer na sua frente. Eu juro.

Lídia deixa Sara colocar os sentimentos para fora mais um pouco. Não podia nem imaginar a dor que ela devia estar sentindo.

Ela sente seu foco mudando. Decide não ir mais atrás de Elisa para tirar satisfação por ter revelado quem ela era. Quer encontrar um jeito de deletar o aplicativo Adam para sempre e, ao mesmo tempo, proteger todas as vítimas dele.

Uma delas, inclusive, era a própria Elisa. Quando Sara foi ao banheiro lavar o rosto, Lídia pegou o celular e viu uma mensagem da presidente do clube de Jornalismo. Era um print de sua avaliação no Adam. Nota quatro, chamando-a de feia, dentes tortos e porca por ter pelos nas pernas.

Então, chega uma mensagem da própria Elisa:

Eu sei que você me odeia agora, e desculpe
pelo que eu fiz. Me diz como eu posso te ajudar
a consertar isso.

Alguns segundos depois, outra mensagem de Elisa aparece:

As meninas do clube vão ajudar. O Pedro também. Vamos fazer barulho.

Lídia sorri. Não pela avaliação, óbvio, ninguém merecia aquela humilhação. Mas por sentir uma pequena esperança crescendo dentro dela.

— Que cara é essa? — Sara pergunta ao sair do banheiro.

Lídia tira o caderninho e a caneta da bolsa. Seus olhos agora estão brilhando.

— *Brainstorming*. Que nem fizemos antes, quando eu criei o Lilith.

Três semanas depois

Rebeca empurra a bandeja do almoço do refeitório para a frente e se aproxima de Paula, que apontava a tela do celular em sua direção. Nela, está aberta a página do Instagram do clube de Jornalismo, que repostou um post de Lídia Almeida, criadora do aplicativo Lilith. O aplicativo estava fora do ar há quase um mês e, pelo conteúdo do post, parecia ter acabado de voltar.

Paula e Rebeca notaram que, de ontem para hoje, vários folhetos haviam aparecido nos quadros de avisos do campus da faculdade sobre "O novo Lilith". A estética é a mesma dos posts nas redes sociais. Em letras rosa-choque contrastando com um fundo preto, com o logo do aplicativo, estava escrito: *Um aplicativo repaginado, totalmente para o universo feminino. Sem falar de garotos. Sem guerra entre os sexos. Apenas para nossa diversão.*

Um burburinho havia começado a surgir entre as alunas, mas todas ainda pareciam um pouco receosas, inclusive

Paula e Rebeca, ambas com avaliações nota cinco e comentários machistas no Adam. O barulho causado pelo aplicativo Adam estava começando a diminuir, e as duas temiam que, se tentassem algo novamente no Lilith, suas reputações seriam ainda mais prejudicadas. Era o que tinha acontecido com Lídia Almeida.

— Coitada... — Paula lembra quando a identidade da criadora foi revelada. — Não vai ter mais um minuto de paz aqui.

Com os rostos próximos e os olhos atentos à tela, Paula e Rebeca leem o post em silêncio. Já tinha mais de cento e cinquenta reações, que variavam entre curtidas, corações, carinhas tristes, carinhas rindo e carinhas raivosas.

Não vamos mais falar sobre homens. Vamos focar em assuntos de mulheres para mulheres. Beleza, autoestima, design, cuidados com a pele e o corpo e muito mais! Fizemos uma parceria muito especial com o salão Beauty by S. Atualizem agora seus aplicativos e ganhem quarenta por cento de desconto em um dos tratamentos de sua preferência. Logo abaixo, uma lista de procedimentos como manicure, pedicure, hidratação no cabelo, limpeza de pele e mais.

As duas se entreolham, curiosas.

— É sério isso? — Paula faz careta. — Meio besta, não?

— Bem tosco achar que assunto de mulher é só isso. — Rebeca leva a mão ao queixo, pensativa. — Pelo menos mudou completamente.

Paula assente, encarando o logo rosa-choque no fundo preto.

— Assim… Eu não diria não a quarenta por cento de desconto. — Ela morde os lábios.

Rebeca olha de relance para as unhas, já com o esmalte descascando nas pontas.

— Não vai doer dar uma olhadinha, né? — Ela dá de ombros e clica no ícone do aplicativo para atualizá-lo.

Depois de quinze segundos carregando, o novo Lilith abre no telefone de Paula. A estética é a mesma, rosa e preta, porém não há mais garotos para serem avaliados. Agora a página inicial tem o aviso de desconto, como anunciado, e, abaixo, páginas com as categorias *Beleza, Saúde, Autoestima, Pele, Cabelo* e mais.

Paula clica no banner inicial e é levada a uma nova página. Do lado direito, há fotos de unhas pintadas, cabelos arrumados e máscaras faciais, e do esquerdo, um pequeno texto explicando como funcionaria o desconto.

Olá, obrigada por utilizar o novo Lilith! Temos uma parceria por tempo limitado com o salão Beauty by S, e você pode escolher utilizar seu cupom de desconto em qualquer um dos tratamentos! Selecione abaixo o tratamento de sua preferência e se presenteie com um dia de princesa!

Paula e Rebeca dão um risinho ao ler o texto. Parece que estão lendo uma coluna de revista feminina de dez anos atrás. Nem dá para acreditar que, poucas semanas atrás, aquele aplicativo era para ser revolucionário para as mulheres.

Abaixo do texto há uma lista de tratamentos e, ao lado de cada um, um botão vermelho que diz: *Ative seu cupom.* Entre os sete tratamentos, Paula escolhe a limpeza de pele, o penúltimo da lista. O botão de ativar o cupom abre automaticamente uma nova página, que faz as duas arregalarem os olhos. Rebeca quase deixa cair o pão de queijo que segura na outra mão.

Nenhum cupom aparece. Nem sequer uma confirmação de quando agendar o tratamento.

Paula é direcionada a uma página com o título: *Encontre o Centro Especializado de Atendimento à Mulher mais próximo de onde você está.* Abaixo, há um mapa com a opção de inserir um endereço manualmente. Sem entender direito o que estava acontecendo, Paula digita o endereço da faculdade e três opções aparecem, mostrando o nome dos centros, os endereços, os telefones e algumas explicações breves sobre o tipo de trabalho que prestavam: assistência psicológica e jurídica à mulheres em situação de violência doméstica.

A respiração de Paula fica ofegante, e ela sente o coração acelerar. Aquilo era real mesmo?

Rebeca olha para trás, certificando-se de que ninguém estava as observando, e clica no botão *Voltar ao menu principal.* Clica no botão de ativar o desconto no terceiro tratamento, o de hidratação capilar. Novamente, outra página que não tinha absolutamente nada a ver com beleza aparece. Esta tem o título: *Como reconhecer abuso psicológico e como sair dessa situação.* Abaixo havia uma explicação sobre o assunto e links direcionando a um contato com psicólogos, grupos de suporte e ONGs que ajudavam essas vítimas.

Sentindo uma descarga de adrenalina, as duas voltam à página principal e analisam cada tratamento. Manicure e pedicure levam à opção de ligar para o 180, a Central de Atendimento à

Mulher. Micropigmentação de sobrancelhas leva a uma explicação detalhada da Lei Maria da Penha. Depilação a laser abre uma caixa de texto por meio da qual é possível enviar uma denúncia anônima de abuso físico e psicológico.

Alongamento de cílios leva a um portal com vídeos e textos de vítimas de abuso e como superaram aquilo, tanto mulheres como homens. Um dos vídeos tem um rosto conhecido. Paula e Rebeca não se recordam do nome da menina de cabelos longos e loiros, mas se lembram de vê-la de vez em quando pelo campus com Lídia. Ela conta, de maneira sincera e sensível, como foi o processo de entender que estava em um relacionamento abusivo, como saiu dele e fala sobre as recaídas que teve depois do término.

— Nós tínhamos o propósito de ajudar mulheres quando pensamos no conceito original do Lilith, mas não tínhamos percebido que não estávamos nos colocando como protago-nistas — explica a menina loira no vídeo, depois de contar sua história. — Eu não estaria aqui hoje, bem comigo mesma, se não fosse pelo apoio que recebi. O que queremos colocar como objetivo principal é união, não vingança. Se você está passando por uma situação dessas, ou conhece alguém que está, estamos aqui para ajudar. Ninguém está sozinha.

Paula sente os olhos se encherem de lágrimas e os seca com o indicador.

— Isso é… bem diferente do que eu esperava.

Rebeca assente, sem palavras.

As duas olham ao redor do refeitório e prestam atenção nas meninas ali. Algumas conversam em grupos, outras leem um livro ou uma revista e outras veem algo nos celulares. Será que já descobriram o novo Lilith? Será que denunciaram algo? Será que já passaram por algum tipo de abuso e nunca contaram a ninguém?

Paula volta ao próprio celular, entra na página principal de baixar aplicativos e encontra Adam. Atualmente está com 3,9 estrelas de avaliação geral. Ela respira fundo e clica em uma estrela.

— Vai, avalia também. — Paula chama a atenção da amiga com o ombro.

— Que diferença vai fazer? — Rebeca aponta para a tela.

— Se formos só nós duas, nenhuma. Agora, se mais pessoas se juntarem... — Paula indica com a cabeça as meninas no refeitório.

Rebeca pensa um pouco, depois dá de ombros e faz o mesmo no próprio celular. Deixa um comentário: "Aplicativo machista e misógino", e clica em "Enviar".

Logo depois, as duas deletam os aplicativos de seus celulares. Mas deixam o Lilith lá. Mais tarde naquele dia, contam às amigas sobre o que viram na página de "tratamentos estéticos". Algumas se interessam, outras não. Mas todas são convencidas a avaliar Adam com uma estrela.

No caminho para o ponto de ônibus da faculdade, depois de se despedir de seu grupo, Paula passa por uma menina de cabelos curtos e crespos, bolsa a tiracolo e tênis de cano alto. Reconhece que é Lídia Almeida. As duas trocam um rápido olhar, e Paula, ainda caminhando, abre um sorriso para ela e assente de leve. Lídia entende e faz o mesmo. Cada uma segue seu caminho sem dizer nada.

O clima naquela faculdade ainda não estava dos melhores, mas Lídia sente que algo está começando a mudar. Não vai ser do dia para a noite, vai levar certo tempo e convencimento das pessoas. Mas, pela primeira vez desde que os dois aplicativos foram lançados, ela sente que um progresso real pode acontecer.

Uma faísca de esperança. Isso é o suficiente.

CHURASTEI

Londres, 11h40, 9°C

Ao reservar esta acomodação, eu, (seu nome aqui), declaro estar ciente das condições climáticas do local, e que estou encarregado(a) da minha alimentação e do meu transporte até o ponto de partida.

Preencho meu nome no espaço entre parênteses e deslizo a seta do mouse no meu notebook até o botão "Reservar" no fim da página. Dou uma última olhada no meu pedido e confiro os dados do cartão de crédito que usei para fazer a reserva. Tudo certo.

Sinto meu celular vibrar duas vezes quando vou apertar o botão para concluir a compra. Sei exatamente o que é e de quem é. Não olho.

Volto para a tela do computador e, com uma pitada de ansiedade, clico no botão. Ele me leva a uma nova janela agradecendo pela minha preferência e esperando que eu tenha uma ótima estadia. Agora não tem mais volta.

Preciso de alguns segundos para processar que finalmente criei coragem para fazer aquilo. Desde que arrumei meu emprego na Inglaterra, depois de terminar meu mestrado há dois anos, namorei a ideia de encontrar um lugar na Europa onde pudesse ver a aurora boreal.

Até então só havia visto esse fenômeno eletromagnético em filmes ou em fotos no Google, o que com certeza não era um milésimo da emoção se comparada à experiência de se ver ao vivo. Sabia que precisava ser em uma região polar e provavelmente no inverno, ou seja, tinha de me preparar psicológica e fisicamente para congelar. Comecei a pesquisar os melhores lugares, o custo-benefício e a época mais provável em que o brilho fosforescente apareceria no céu, mas cada site dizia uma coisa e as informações nunca pareciam ser cem por cento confiáveis.

— E aí, comprou? — Malika pergunta, em inglês, sentando-se ao meu lado no sofá, segurando sua caneca da Mulher-Maravilha com chá preto.

— Comprei! — Aponto para a página de confirmação e os dados da viagem.

Malika chega mais perto e começa a ler em voz alta. Consigo ver a fumaça saindo de sua caneca.

— Check-in dia 6 de dezembro e check-out dia 7, local disponível a partir das três da tarde… — Ela olha com atenção e franze a testa. — Um hóspede.

Não digo nada. Dou um gole na minha caneca com o mapa-múndi estampado.

— Não vai falar nada para ela? — Malika pergunta.

— Não… pelo menos, não hoje. Vou esperar um pouco.

— Até estar no topo de uma montanha sem sinal de celular? — Ela ergue a sobrancelha.

Finjo que não ouvi aquele comentário e tento mudar de assunto.

— O aplicativo está dando noventa e seis por cento de chance de as luzes ficarem visíveis nessa noite. É a melhor previsão do mês.

Malika percebe o que estou fazendo. Para meu alívio, ela suaviza a expressão e diz:

— Entra no site da Timberland. Seu casaco de inverno está cheio de buracos, tem que comprar um novo.

De tanto pesquisar sobre a época perfeita para ver a aurora, um anúncio de um aplicativo chamado Borealis começou a aparecer para mim em todas as redes sociais. Ele pega dados de vários sites e pesquisas, faz uns cálculos e mostra qual é a probabilidade de as luzes serem vistas em qualquer lugar, a qualquer hora. Acabei descobrindo que a região da Lapônia, no norte da Finlândia, em dezembro, sempre tem grandes chances.

O voo não foi difícil de arrumar. Consegui passagens para um fim de semana em um preço que não foi barato, mas era razoável, para o destino, em uma companhia aérea de baixo custo. Uma das grandes vantagens de se morar na Europa: dependendo de onde você está e do seu destino, você pode conseguir um voo mais barato do que uma passagem de trem. Tudo bem que a cadeira não vai inclinar nem um centímetro e que há grandes chances de precisar pagar até pela água, além de ser bem provável que os comissários de bordo vendam bilhetes de loteria ou peçam a que você mude de assento para equilibrar o peso do avião, mas, ainda assim, vale a pena.

A parte mais difícil foi encontrar hospedagem. Não era uma viagem onde eu poderia me hospedar em qualquer lugar. Precisava encontrar um lugar onde realmente teria aqueles noventa e seis por cento de chance de ver as luzes no céu, caso contrário, a viagem seria em vão. Procurei em blogs de viagem, no TripAdvisor, até em fóruns on-line de mochileiros, e acabei encontrando um anúncio que me chamou a atenção.

TENHA UMA EXPERIÊNCIA AUTÊNTICA E ASSISTA À AURORA BOREAL NAS MONTANHAS FINLANDESAS! RESERVE UMA NOITE NO ARCTIC RESORT KAKSLAUTTANEN E VEJA AS LUZES NOTURNAS EM UM IGLU DE VERDADE!

Cliquei no anúncio, já sentindo o coração acelerar, e me deparei com um dos lugares mais lindos que já vi na vida. Eram vários chalés de madeira no topo de uma montanha branquinha de neve, com a lua brilhando no céu estrelado sem nenhuma nuvem. Mais acima, estavam os iglus que o anúncio havia mencionado. Cada iglu dava três ou quatro apartamentos meus, fácil. Todos de vidro, com camas espaçosas, tapetes de pele, uma cozinha rústica, uma sala de estar com TV de tela plana e não uma, mas *duas* máquinas de café Nespresso à disposição dos hóspedes. Mágico.

A magia acabou em dez segundos, quando desci a página para ver o preço de uma noite no hotel.

— Quinhentos euros POR NOITE? — Pensei alto, boquiaberta. Tudo bem que eu recebia em libras esterlinas, mas não o suficiente para gastar tanto assim em vinte e quatro horas.

Fechei a janela do hotel logo em seguida. Eu queria ver a aurora, sim, mas não em um lugar onde teria de vender meu futuro filho ainda nem nascido para pagar. Era uma pena, porque assistir às luzes em um iglu deveria ser realmente uma experiência inesquecível.

— Se bem que... — falei para mim mesma, abrindo outra página em branco no navegador. — Se existir um que não seja tão caro...

Abri o site do Airbnb e fiz uma pesquisa simples. Digitei "Iglu Finlândia" na barra de pesquisa, coloquei as datas e diminuí a barra de preços até onde meu orçamento cabia. Apareceu uma opção. *Iglu de neve na Lapônia*, era o que dizia. Cliquei nas fotos e já vi que era bem diferente do Arctic Resort Kakslauttanen. Para começar, era um iglu de verdade. Sabe, feito de *neve*. Um iglu pequeno, com um quarto iluminado por duas lanternas de lampião, uma cama de casal, uma pequena bancada ao lado com alguns utensílios domésticos e... só. Porém, na foto que mostrava o lado de fora, um arco-íris de luz fosforescente brilhava bem atrás dele. Quase chorei quando vi o preço: setenta e cinco euros por noite. Agora, sim, tinha encontrado meu lugar.

Obviamente, não fui a única a ter a ideia de achar um lugar mais barato para ver as luzes na semana em que havia maior probabilidade de elas aparecerem. O mês de dezembro estava praticamente todo agendado, exceto por algumas noites. Uma delas se encaixava em um dos três dias da minha viagem. Era um sinal. Era o dia em que eu veria a aurora.

Sozinha, sem contar para ela sobre a viagem. Nem sobre o meu plano para depois da viagem. Mas iria.

Rovaniemi, 15h05, -3°C

Percebo que me equivoquei ao dizer que 6 de dezembro seria o dia em que veria a aurora. Na verdade, seria a noite. A noite eterna. É a primeira vez que me encontro em um lugar às três da tarde sem nem um resquício de sol sequer. De acordo com o que disse o piloto do avião logo antes de aterrissarmos, o sol nasceu às onze da manhã e se pôs pouco antes de uma da tarde. Que sensação estranha.

Por trás das portas da saída do desembarque não vejo nada além de neve, o céu completamente preto sem uma nuvem, os pinheiros salpicados de branco ao redor do aeroporto e as quatro aeronaves pequenas na pista de pouso. O aeroporto de Rovaniemi, capital da Lapônia, é tão pequeno que parece uma estação rodoviária. Mas está uma graça todo decorado de luzinhas coloridas e árvores de Natal. Coloco meu casaco de gomo azul recém-comprado por indicação de Malika, luvas, gorro e cachecol. O casaco foi uma fortuna, mas a moça da loja me garantiu que era feito para temperaturas negativas. Por enquanto o tempo não está tão ruim, parece o auge do inverno que peguei em Londres no ano passado.

Caminho até uma minivan branca com um desenho minimalista do Papai Noel e suas renas colado na porta, onde está escrito *Santa Transfer*. Em minhas pesquisas, li que o transporte público na Finlândia é bem complicado de arranjar, e, como o Airbnb só fornecia transporte até a montanha, e não saindo do aeroporto, agendei um para mim com antecedência.

Cumprimento o motorista, um senhor baixinho com um bigode grande com fios ruivos e brancos, que se apresenta como Alpertti, e ele me avisa, em inglês, que em pouco menos de duas horas chegaremos até o vilarejo de Pelkosenniemi, onde o casal de anfitriões do Airbnb está me esperando para me levar até o iglu no topo da montanha.

No caminho, confiro as mensagens no meu celular. Meus pais me mandaram ficar agasalhada e dar notícias, e Malika pediu a mim que enviasse um milhão de fotos. Vejo que há mais uma mensagem, mas passo batido. Prometi a Malika que avisaria aquela pessoa algum dia antes de viajar, mas, quando me dei conta, duas semanas tinham se passado, e eu parti sem dizer nada.

Fecho meu casaco de gomo até o queixo. Se já está frio assim de "dia", no plano e dentro de um veículo com calefação, não quero nem imaginar como deve ser de madrugada no topo da montanha. Ao mesmo tempo, mal posso esperar.

Passando pelos quilômetros de neve e de escuridão, imagino como deve ser viver nessa região e passar três meses com apenas duas horas de sol por dia. Penso também no contrário, no verão, quando não existe noite. Deve deixar todo mundo com um parafuso a menos. Mas a experiência de vida deve ser bem interessante.

A paisagem não muda no resto da viagem, só mais pinheiros brancos e pequenas concentrações de casas no caminho. Todas têm o aspecto de chalés de madeira com fumaça saindo das chaminés, são lindas. Alpertti colocou uma playlist de músicas natalinas para ouvirmos. Eu me pergunto se ele realmente gosta de ouvir "All I Want For Christmas Is You", da Mariah Carey, ou se só colocou pela época do ano, ou porque eu sou turista, ou pela Finlândia ser, na teoria, onde o Papai Noel mora.

Pelkosenniemi, 17h08, −6°C

Quando "Jingle Bell Rock" termina de tocar pela terceira vez, a minivan estaciona em frente a um chalé de madeira parecido com o do anúncio que vi semanas atrás, quando procurava hospedagens. Pelo tamanho, imagino que tenha dois quartos, uma cozinha e uma sala. Fica na frente de um lago, e não há mais nada além dele até onde consigo enxergar. Vejo fumaça saindo da chaminé e dou um sorrisinho. Realmente parece que O Bom Velhinho vai entrar por ela no dia 25 de dezembro.

Alpertti me entrega um cartão improvisado escrito *Santa Transfer*, com o número de seu telefone escrito em Comic Sans. Diz que eu posso ligar e agendar seu serviço sempre que estiver aqui. Rio pelo nariz me perguntando se algum dia vou voltar. Não é exatamente o lugar mais acessível do mundo.

— *Kiitos* — digo uma das três palavras em finlandês que aprendi, agradecendo a Alpertti. Ele acena e vai embora com a minivan.

Bato na porta do chalé e sou cumprimentada por uma mulher que parece ter cinquenta e poucos anos, quase dois metros de altura, os cabelos praticamente brancos de tão loiros, e usando um suéter de cor creme. Reconheço que é a anfitriã da foto do Airbnb, Friderika.

— Ana… — Ela dá uma rápida conferida no celular. — Fere… Feri…

— Ana Ferreira. — Percebo que ela tem dificuldade de pronunciar meu sobrenome e resolvo facilitar sua vida.

Enquanto me aqueço no chalé quentinho e bebo um chocolate quente preparado por Friderika, ela me explica novamente, em um inglês com sotaque carregado, as normas do iglu onde passarei a noite. Ela me entrega um walkie-talkie com pilha e explica que posso chamar a ela ou a seu marido a qualquer hora, caso eu tenha algum problema e precise ser resgatada.

— É provável que Aleksej atenda, ele vai tomar conta do chalé agora enquanto eu estiver no centro da cidade resolvendo algumas coisas. Mas você ficará bem — ela diz.

Agradeço a preocupação e mostro a ela a comida que trouxe em meu mochilão, os casacos, as luvas e as meias extras, e a asseguro de que, realmente, ficarei bem. Ótima. O que poderia acontecer?

— Pronta para ir? — Friderika pergunta, depois de colocar seu casacão, gorro, cachecol e luvas.

Abro o aplicativo Borealis no celular e confiro a previsão para hoje. Os noventa e seis por cento de chance de a aurora se projetar no céu ainda aparecem lá, e está dizendo que será daqui a cinco horas. Dou o último gole no chocolate quente e me levanto, com um sorriso no rosto.

— Pronta.

Pelkosenniemi, 18h12, -9°C

Uau.

Estou de queixo caído. A vista do topo da montanha é realmente espetacular. Consigo ver todos os vilarejos por onde passei, com as janelas dos chalés iluminados e rodeados pelos pinheiros cobertos de neve. Vejo o chalé de Friderika pequenininho lá embaixo. O céu continua limpo, e um vento leve balança os galhos das árvores. Abaixo o cachecol que estava cobrindo meu nariz e sinto o cheiro do ar puro daqui de cima. Cheiro de neve, de folhas úmidas, mas multiplicado por cem. Como se, na minha vida inteira, eu nunca tivesse meu olfato funcionando com cem por cento de sua capacidade. Na minha frente, lá está ele. O iglu onde realizarei um dos meus maiores sonhos. Dou pulinhos de felicidade — mas também para ver se espanto um pouco o frio.

Eu me sinto completamente realizada. Os pensamentos que me atormentaram durante o voo sobre as mensagens que não li, a briga há algumas semanas, o cansaço constante dos últimos meses e minha decisão parecem pequenos demais se comparados a esta maravilha da natureza. Meu coração acelera só de imaginar que em poucas horas vou ver a aurora boreal.

Agradeço a Friderika por ter me trazido até o iglu com sua moto de neve. Aceno para ela, e, em poucos segundos, a moto desaparece. Dou uma volta completa no lugar e percebo que estou sozinha. Como eu queria desde o início. Como eu sabia que iria ser. Só o iglu e eu. Vai ser uma noite interessante.

Digito o código de seis dígitos que Friderika me passou e abaixo a cabeça para entrar na porta, que parece ter sido feita para *hobbits*.

— Nossa — digo em voz alta.

É completamente adorável. Sem o vento e com as camadas de neve que formam as paredes, já está menos frio do lado de dentro. Como na foto do site do Airbnb, há uma cama de casal com dois sacos de dormir forrados com pelo e um cobertor peludo cobrindo tudo. Na parede atrás dela, uma fileira de luzinhas de Natal coloridas. Além delas, o iglu é iluminado por duas lanternas de lampião médias, e as paredes laterais estão decoradas com chifres de alce.

Há uma pequena bancada com um forninho de pilha, um pote de vidro com biscoitos amanteigados, duas canecas com Papais Noéis sorridentes estampados e duas garrafas térmicas grandes. Colado nelas há um bilhete que diz: *Para esquentar. Está fresquinho e vai ficar quente a noite toda. Com amor, Aleksej e Friderika.* Abro a tampa de uma das garrafas e sinto o cheiro delicioso do chocolate quente que tomei havia pouco. Tomo mais dois goles e fecho a garrafa. Sei que vou ter vontade de tomá-lo mais tarde.

Jogo o mochilão no chão e me deito na cama, sorrindo. O saco de dormir é grande e muito confortável, e o cobertor de pelos me faz sentir como se estivesse deitada em uma nuvem.

Tiro o celular do bolso da mochila, e, como esperava, a barra de sinal varia entre zero e um. Avisei a meus pais que isso poderia acontecer e que não precisavam se preocupar, logo antes de subir na moto de neve com Friderika. Acho ótimo, inclusive. Não terei nenhuma distração.

Abro o WhatsApp para ter certeza de que não conseguirei receber nenhuma mensagem e não consigo evitar ver o nome dela e, ao lado, o número treze. Treze mensagens não lidas. Me incomoda. Só consigo ler parte de uma das mensagens sem clicar em nada, que diz, em inglês: *Por favor, Aninha, eu sinto sua falta, vamos conv...* e nada mais.

Passo o dedo em cima da foto de seu rosto, tendo a opção de pressionar e deletar todas as mensagens de uma vez. Não consigo.

Troco de aplicativo para não enlouquecer. Abro novamente o Borealis para testar a probabilidade de ver a Aurora, mas ele está bem instável, lutando por uma conexão.

Tudo bem. Agora é só esperar e conferir de tempos em tempos lá fora, penso. Qualquer coisa que tire aquele número treze da minha cabeça.

Eu me sento de pernas cruzadas e abro o zíper do mochilão no meio. Dou um gole na garrafa de água que trouxe e tiro uma banana do saco plástico com meus lanches. Além dela, trouxe dois sanduíches de pasta de atum, uma salada de macarrão, duas maçãs e um pacote de Doritos, mas prefiro deixar essas coisas para mais tarde.

Pego meu exemplar de *Em outra vida, talvez?*, da Taylor Jenkins Reid, e encosto no travesseiro, dando uma mordida na banana. Não ouço nada lá fora, o que é um ótimo sinal — quer dizer que o vento já diminuiu.

É muito bom estar aqui sozinha. Com meus horários, minhas regras, minha liberdade, repito para mim mesma como um mantra.

Pelkosenniemi, 18h55, -10°C

Depois de quase uma hora em que o único barulho que fiquei ouvindo foi o passar de páginas do meu livro, ouço algo vindo do lado de fora e quase deixo o livro cair. Olho em volta, me certificando de que não foi minha imaginação. Ouço novamente. Parecem passos ficando cada vez mais próximos. Será que Friderika esqueceu algo? Mas ela poderia me avisar no walkie-talkie...

Ouço um grunhido e algo encostando na porta do iglu. Meu coração acelera e imediatamente penso no pior: um urso. Levanto bruscamente e tento puxar o chifre de alce da parede, mas ele está preso.

Antes que consiga alcançar meu mochilão para usar como escudo, a porta é aberta. Meu instinto é dar um grito, que é seguido por outro do invasor. Aliás, invasora. Depois do susto e de quase cair para trás, vejo que não é um urso, e sim uma mulher embaixo de algumas camadas de agasalho.

— *Who are you?* — Ela dá um passo para trás, assustada.

— O quê? Quem é *você*? Quer dizer, *who are you* também? — pergunto, ofegante, me atrapalhando com os idiomas.

Mesmo sem entender, fico aliviada por saber que não é um animal feroz que poderia me devorar em duas mordidas. Sinto meus batimentos voltando ao ritmo normal.

— Ah, você é brasileira — ela diz.

— *Yes*. Quer dizer, sim. E eu estou hospedada aqui — digo.

Ela solta um suspiro de alívio. Não devia achar que eu era um urso ou o abominável homem das neves, mas, pelo pânico em seu rosto há dois segundos, também não devia estar esperando companhia.

— Eu também. Devo ter entrado no iglu errado. Esse aqui não é o número três, é?

— É... — digo, com incerteza. Tem de ser. Friderika me trouxe até aqui.

A mulher coloca a cabeça para fora, procurando um número de identificação.

— É o três. É o meu iglu.

— Tem certeza?

Um pouco desajeitada, ela coloca a própria mochila no chão e tira um papel do bolso do casaco. Chego mais perto e vejo os dados de sua reserva impressos: Iglu três, de 6 a 7 de dezembro, um hóspede.

Ah, não, só falta eu ter feito a reserva errada.

Abro meu mochilão e procuro pela reserva que também imprimi dentro da minha pastinha de documentos. Desamasso o papel e confiro os dados. Mesma coisa: Iglu três, de 6 a 7 de dezembro, um hóspede.

Nós nos entreolhamos, confusas.

— Deve ter sido algum engano que eles fizeram. — Pego o walkie-talkie e ligo na frequência para falar com os anfitriões. — Olá, aqui é Ana Ferreira do iglu três.

A mulher me olha como se tivesse acabado de ver um fantasma.

— Olá, Ana, está tudo bem? Aqui é Aleksej. — Ouço uma voz masculina que chia um pouco vindo do aparelho.

— Seu nome é Ana Ferreira? — a mulher pergunta. Aceno com a cabeça, não entendendo seu espanto.

— Sim, quer dizer... Não sei. Uma pessoa entrou no iglu com a mesma reserva que eu. Mesmo número e data.

— Ah, meu Deus! É sério? Espere aí, deixe eu conferir...

A mulher revira os olhos e dá uma bufada.

— Já sei o que aconteceu. Posso? — Ela aponta para o walkie-talkie na minha mão.

Churastei | 197

Hesito, mas passo o aparelho para ela.

— Que estranho! — a voz de Aleksej se projeta novamente.

— Está registrado aqui, Ana Ferreira, apenas.

A mulher leva o walkie-talkie até a boca, com pouca paciência.

— Duas vezes?

— Como?

— Está escrito duas vezes?

— Bem... — ele diz, atrapalhado. — Sim, mas...

— É, vocês fizeram uma confusão. Meu nome também é Ana Ferreira. Ana Lúcia Ferreira.

Fico boquiaberta.

— Ana *Clara* Ferreira — digo.

O walkie-talkie fica mudo por alguns segundos. Imagino que Aleksej esteja: 1) xingando a si mesmo por ter feito a confusão; ou 2) arrumando uma maneira de consertar. Mas do jeito que o Airbnb estava cheio durante dezembro e janeiro, quero só ver o jeito que ele vai dar.

— Um momento, por favor. Peço mil desculpas. — Ele fica nervoso.

Minha xará dá mais uma bufada e tira o gorro, revelando um cabelo joãozinho castanho-escuro, com fios grisalhos na raiz. Agora que posso vê-la com mais calma, percebo que é mais velha que eu, parece ter uns quarenta anos.

— Quem me trouxe foi Friderika — comento. — Por isso ele não deve ter se tocado de que já tinha uma Ana Ferreira aqui.

Ela cruza os braços.

— Quais são as chances de ter duas Anas Ferreiras, brasileiras, hospedadas em um iglu no fim do mundo na Finlândia, na mesma noite? — Ela ri com sarcasmo.

— Bem menos do que a aurora aparecer hoje, isso é certo.

— Nós duas damos um sorrisinho desajeitado.

Depois de mais três minutos, a voz de Aleksej volta a falar no walkie-talkie.

— Novamente, peço mil desculpas. — Sua voz é trêmula, e ele se enrola com as palavras. Seu sotaque é ainda mais carregado que o de Friderika. — Não sei como isso é possível, mas vocês duas agendaram a estadia no site com segundos de diferença... O sistema entendeu que era a mesma pessoa duas vezes e aprovou.

— Eles não tiveram problema em receber o pagamento duas vezes, então — Ana Lúcia comenta, incomodada.

— Infelizmente os outros iglus estão agendados de hoje até a próxima semana. — Ouvimos o barulho de páginas virando com rapidez. — Temos uma vaga no dia 19 de dezembro e podemos acomodar uma das duas com muito prazer.

Nós duas arregalamos os olhos. Ana Lúcia aperta com raiva o botão do walkie-talkie e diz:

— Mas pagamos para estar aqui hoje!

— Eu sinto muitíssimo. — Ele suspira. Realmente não acredito que o anfitrião tenha feito por mal. — Iremos devolver o dinheiro sem o menor problema. Posso subir com a moto de neve agora para apanhar uma das duas e resolveremos a questão financeira no chalé.

Nós nos entreolhamos, mas não dizemos nada.

— Vamos resolver e te avisamos — Ana Lúcia diz, e me devolve o walkie-talkie com raiva. — Era só o que me faltava. Vir até aqui, chegar no topo da montanha para descer tudo de novo e voltar daqui a duas semanas. Absurdo.

Percebo que preciso de argumentos para convencê-la a me deixar ficar. Ela não está nada contente. Mas não vou descer de jeito nenhum. Não quando estou prestes a realizar o sonho de ver a aurora boreal. Não quando renunciei a tanta coisa que poderia passar a não valer absolutamente nada.

— Chocolate quente? — Aponto para as garrafas térmicas na bancada. Ainda mal-humorada, ela dá de ombros e aceita. Sirvo as duas canecas de cerâmica com a deliciosa bebida preparada por Friderika. Percebo que Ana Lúcia parece um pouco melhor depois do primeiro gole. Além de esquentar, a bebida é uma bomba de açúcar, basicamente do que mais precisamos no momento.

— Ana Clara... — ela diz, mais suavemente do que quando estava reclamando com Aleksej. — Eu trabalho de segunda a segunda que nem louca. Faço plantão em hospital, chego a fazer cem horas por semana. Foi um milagre conseguir dois dias de folga. Se não for hoje, não sei quando vou conseguir voltar. E queria muito ver a aurora boreal. Foi por isso que eu vim.

Ah, e eu vim para apreciar o friozinho mesmo, penso, e controlo a vontade de cuspir as palavras.

— Eu também vim só por isso. É meu sonho. Sempre quis vir aqui para ver a aurora. O aplicativo Borealis garantiu que essa é a melhor noite do ano para ver as luzes.

— Você trabalha?

Mordo os lábios. Essa pergunta me traz uma ansiedade com a qual não quero ter de lidar no momento.

— Sim, e é difícil demais conseguir que aprovem minhas férias. — Faço uma pausa. — Talvez me demitam. Talvez.

— Então você pode voltar! Você mora na Europa também?

Aperto os punhos.

— Sim. Em Londres.

— Então pronto. — Ela sorri. — Eu moro em Frankfurt. Posso pagar parte da sua passagem, se quiser.

Apoio meu chocolate quente meio tomado no balcão.

— Não dá. Se eu realmente sair do emprego, precisarei voltar para o Brasil. Foi a empresa que forneceu meu visto, que é cancelado assim que me desligo dela. E, se isso acontecer, bem... não pretendo voltar. — Sinto um nó se formando na minha glote. Não é fácil dizer aquilo em voz alta. — Não quero perder essa chance.

Ana Lúcia murcha e termina seu chocolate quente em silêncio. Bebo o meu rápido demais e queimo um pouco a garganta. E agora?

A próxima meia hora se passa como um exercício de um curso de teatro. Praticamente só fazemos perguntas uma para a outra, até para responder.

— E se você ligar para o hospital e explicar a situação?

— E se você procurar outro Airbnb?

— E se você prometer fazer plantão outros dias?

— E se você não sair do emprego? Aliás, por que vai sair de um emprego que te garante um visto? Não é tudo que um brasileiro na Europa quer da vida?

Faço uma pausa. A sensação de ouvir aquilo é a mesma de levar um soco no estômago.

— Estou aqui por um motivo pessoal. Não te diz respeito — digo, amarga, mas logo percebo que posso ter soado grossa. — Desculpa.

Ela entende e não toca mais no assunto.

Continuamos lançando perguntas uma para a outra, mas não chegamos a nenhuma conclusão. Nenhuma de nós quer ceder.

Entendo o lado dela, de verdade, imagino quão louca e corrida deve ser a vida de uma cirurgiã em um dos maiores hospitais de Frankfurt. Mas eu mereço estar aqui também. Depois do inferno que passei nas últimas semanas, não, nos últimos meses. Do que fui obrigada a ouvir, da decisão que ainda tenho de tomar... De ser julgada... Eu mereço ver a aurora boreal. E, além do mais, o Borealis não funciona aqui em cima. Não vou correr o risco de, mesmo que por um milagre eu consiga trocar minha passagem, voltar para cá e não conseguir ver a aurora. Malika também já me fez um grande favor me deixando ficar no apartamento dela nessas últimas semanas. Foi muito esforço para morrer na praia. Vemos que não há outra opção.

— Só tem uma cama — falo, sem graça.

— É de casal. Nós duas cabemos nela... — Ela franze a testa e contrai os lábios como se tivesse acabado de comer uma comida ruim, mas não pode fazer desfeita.

— Eu pretendia dormir nela sozinha — digo entredentes.

— Você acha que eu quero passar minha tão esperada noite de folga dormindo ao lado de uma pessoa que nunca vi na vida? — Ela cruza os braços.

— E se você for uma psicopata?

— E se *você* for uma psicopata?

Passo as mãos pelos cabelos e dou um suspiro. Pego o walkie-talkie e dou uma última olhada para Ana Lúcia antes de apertar o botão de falar, erguendo as sobrancelhas. Visivelmente cansada, ela apenas assente de leve.

— Aleksej, é Ana Clara — digo, derrotada. — Não precisa subir. Nós duas vamos ficar.

Pelkosenniemi, 19h23, –10°C

Fecho a porta do iglu atrás de mim e esfrego as mãos uma na outra para o calor aliviar o incômodo nos meus dedos. Começou a ventar um pouco lá fora, e ainda há algumas nuvens no céu. Está completamente escuro no momento. Só vi as luzes de dentro dos outros iglus, dos chalés lá embaixo e de algumas estrelas salpicadas no céu. Nenhum arco-íris noturno por enquanto.

— Nada ainda — digo, tirando as luvas.

Ana Lúcia está sentada na beirada da cama comendo uma barra de cereais. Não trocamos muitas palavras desde que decidimos ficar no topo da montanha. Agacho para pegar o sanduíche de atum no meu mochilão, quando ouço o barulho de um celular vibrando. Levo a mão ao bolso, um pouco rápido demais, mas não sinto nada.

— Meu alarme — ela diz. Dá uma risadinha enquanto tira três caixas de remédio de tamanhos diferentes de dentro de um nécessaire. — Está esperando alguma ligação?

Sinto as bochechas corando e evito encontrar seu olhar.

— Não. Estou evitando, na verdade.

Percebo que não devia ter dado tanta ênfase a essa última frase quando Ana Lúcia lança a mim um olhar curioso.

— Está fugindo de alguém? — Ela ergue a sobrancelha.

Sinto minhas axilas começando a transpirar mesmo com a temperatura negativa. Abaixo a cabeça e dou uma mordida no meu sanduíche. Tomo cuidado para não ser grossa como fui antes.

— Prefiro não falar sobre isso.

— Ok, então.

Tento olhar em volta do iglu, sem graça, procurando algo para focar minha atenção, mas não há muita coisa no recinto. Sem querer, volto a olhar para as caixas de remédio de Ana Lúcia. Ela tira um comprimido de cada e engole um de cada vez, entre goles de sua garrafa de água.

— Relaxa, eu sou médica. Sei o que estou fazendo.

Desvio o olhar na hora.

— Desculpe, eu não quis…

— Não tem problema. — Ela sorri.

Passamos os próximos cinco minutos em silêncio. O único som que ouço é o da minha própria mastigação. Eu me sinto estranha. Estar em silêncio sozinha é uma coisa, mas com outra pessoa bem na sua frente, em um quarto tão pequeno, me incomoda.

— Então... — Limpo a boca com um dos guardanapos de papel. — O que te trouxe até aqui?

Ana Lúcia apoia o queixo na mão, pensativa.

— Eu não ligo para a aurora boreal, na verdade. Tenho um Instagram com seis milhões de seguidores e queria vir para tirar fotos.

Pisco duas vezes, sem esboçar nenhuma reação. Ela fica séria por alguns segundos, mas depois ri da minha cara.

— Brincadeira. Tinha vontade já há alguns anos, mas vivia adiando os planos. Muito trabalho, muita coisa para fazer. Até que recebi uma notícia... — O rosto dela enrijece, mas logo depois volta ao normal. — E finalmente resolvi tirar a ideia da cabeça e fazer antes que fosse tarde demais. Nunca se sabe o dia de amanhã.

Eu já tenho uma boa ideia de como será o meu, penso, com um pouco de amargura. Tento não transparecer, mas já percebi que Ana Lúcia é boa de ler pessoas. No entanto, não consigo evitar pensar se essa notícia à qual ela se refere tem algo a ver com as caixas de remédio.

— E você? — ela pergunta.

Penso um pouco antes de responder.

— Mais ou menos a mesma coisa. Também tinha vontade há muito tempo, desde que me mudei para Londres. Mas nunca conseguia férias. As poucas que conseguia, eu usava para visitar minha família no Brasil. Fui adiando. Como talvez eu volte para o Brasil de vez, quis vir para não perder a oportunidade. Sabe-se lá Deus quanto custa um voo do Rio de Janeiro para cá.

Dói um pouco falar aquilo em voz alta. Ana Lúcia assente.

— Eu não quero ser indelicada, mas esse *talvez* por acaso tem a ver com alguma mensagem que você quer ou não quer receber?

Ela é boa mesmo.

— Desculpa, eu sou assim. Observo coisas. Ainda mais no topo de uma montanha sem sinal de celular, num iglu gelado com só outro ser humano de companhia. — Ela se ajeita, ficando um pouco mais relaxada no seu lado da cama. — Você pega no bolso do seu celular sem perceber, como se o sentisse tocando mesmo sem tocar. Já fez isso umas três vezes.

Sinto meu pescoço mais quente, e a garganta, seca. Dou um gole demorado na minha garrafa de água, evitando responder.

— Coisa de *millennial.* — Forço uma risadinha.

— É óbvio — ela diz, com ironia. — Bem, seja lá qual for sua decisão, ficar aqui ou não, vai ser a certa. — Ela cruza os braços sob a cabeça e a deita no travesseiro. — Queria eu poder escolher viver com essa merda ou não — ela reclama, apontando para o nécessaire cheio de medicamentos.

Sinto o ar escapando rápido demais dos meus pulmões. É, sabia que tinha algo a ver com os remédios.

— Você tem...? — balbucio, mas não consigo completar.

Ana Lúcia se levanta e olha para mim com tranquilidade. Não parece incomodada com minha pergunta.

— Lúpus.

Abro a boca, mas não digo nada. Eu me sinto uma idiota por fazer tanto drama por algumas mensagens agora.

— Não vejo problema em falar. Médico tem essa coisa de ser prático. — Ela continua descontraída. Percebo que não sou nem de longe a primeira pessoa a quem ela conta sobre a doença. — Não está avançado, mas nunca se sabe o dia de amanhã. Por isso achei melhor tirar a aurora boreal da minha lista de metas quanto antes.

Um nó se forma na minha garganta. É o tipo de coisa que você nunca imagina que vai acontecer com alguém próximo. Tudo bem, não conhecia Ana Lúcia até poucas horas atrás, mas mesmo assim. Nunca tive alguém cara a cara me dizendo: "Não sei quanto tempo me resta por conta de uma doença, por isso quero aproveitar a vida enquanto ainda posso". Não é o tipo de coisa trivial para se ouvir, por mais que Ana Lúcia seja a pessoa mais calma do mundo falando daquilo. Já deve estar acostumada a dar más notícias com tranquilidade.

— Nossa. — É tudo que consigo dizer. Que idiota. E eu achando que podia comparar meu problema com o dela. Ela deve me achar a pessoa mais imatura do mundo agora.

Mas Ana Lúcia só ri da minha falta de articulação.

— É. "Nossa." Mas sabe o que é pior? Essa porcaria de aurora que não aparece. — Ela se levanta da cama e caminha até a porta do iglu. — Vou ficar lá fora um pouco, ver se a bendita resolve aparecer. Te aviso.

Assinto. Ela fecha a porta atrás dela, e o silêncio se instaura novamente no iglu.

Pelkosenniemi, 20h19, –11°C

Não adianta continuar tentando ler. Já tive de reler os últimos parágrafos do capítulo que estou em *Em outra vida, talvez?* umas três vezes. Não consigo me concentrar. Minha cabeça está orbitando. Ouço no meu inconsciente a voz de Ana Lúcia contando sobre sua condição como alguém que diz o que comeu no café da manhã. Ouço Malika me perguntando se não vou avisar a ela sobre minha vinda até aqui. Se não vou inclui-la na minha decisão. Ouço a voz *dela*, alegre, falando sobre nossos planos futuros, sobre redecorar nosso apartamento, nos divertir. O barulho do celular vibrando várias vezes e eu fingindo que não percebi. Fecho os olhos e vejo o rosto dela decepcionado. Ela perguntando: "Vai mesmo jogar essa oportunidade fora?". Nós duas chorando, uma na frente da outra, sem forças para nos abraçarmos. Eu virando as costas e entrando no quarto.

Fecho o livro e luto contra as lágrimas que ameaçam cair. Esfrego o rosto com a manga do casacão e inspiro e expiro algumas vezes.

Penso nas palavras de Ana Lúcia. *Nunca se sabe o dia de amanhã...* Mesmo ela estando lá fora, é como se estivesse cochichando no meu ouvido.

Resolvo tirar o celular do bolso e abrir o WhatsApp. Nenhuma nova mensagem foi registrada desde que cheguei aqui em cima, mas o número treze ainda está lá, ao lado da foto dela, junto a todas as treze mensagens não lidas. Não aguento mais fingir que não as recebi. Que, se ignorá-las, vão desaparecer. Abro-as.

Aninha, você está chateada, mas não toma uma decisão precipitada. Me atende para a gente conversar e resolver isso, por favor.

Seu visto é tirado imediatamente assim que pede demissão? Eu estou pesquisando alternativas. A gente vai dar um jeito!

Desculpa pelo jeito que falei com você. Eu estava nervosa. Pareceu que você ia me deixar do dia para a noite. Eu não ia aguentar!

Quer casar comigo????????

Ignora a mensagem de cima, eu estava bêbada e triste. Mas se você quiser...

Aninha, faz cinco dias que não tenho notícias de você. Preciso saber se está bem. Fala comigo!

Consegui falar com a Malika, graças a Deus você está bem. Precisa de alguma coisa?

Eu te apoio totalmente no que você decidir. Mas não desiste daqui ainda. Não desiste de nós.

Eu devia ter percebido isso antes. Como você andava mais calada, cansada. Me desculpa por não ter falado nada. Se eu soubesse quanto você estava infeliz...

Eu amo você. Por favor, não vai embora.

Malika disse que você está pensando em comprar passagem para o Brasil. Já disse isso para eles?

Eu estou sendo egoísta, eu sei. Mas não consigo ficar longe de você. Fica, por favor.

Por favor, Aninha, eu sinto sua falta, vamos conversar. Vamos resolver isso juntas. Você é a melhor coisa que já me aconteceu.

Tenho de ler a última mensagem pela segunda vez porque minha visão está toda embaçada. Que bom que Ana Lúcia está lá fora, porque percebo que estou chorando. As lágrimas não param de cair. Tudo que guardei para mim mesma nessas últimas semanas está saindo sem parar. Não sei quanto tempo vai demorar para meu rosto secar, mas não me arrependo. Precisava daquilo.

Seco as lágrimas com a manga do meu casaco e espero, sem pressa, me recompor. Eu me levanto com calma e calço as luvas. Amarro novamente os cadarços da minha bota de neve, puxo o capuz com pelos do casaco para cima e abro a porta do iglu.

Está muito frio. Subo o zíper do casaco até o máximo que consigo. Venta pouco, o que me deixa aliviada de estar no topo de uma montanha com dez graus negativos. Caminho um pouco na neve fofa e encontro Ana Lúcia sentada em um tronco de pinheiro a alguns metros de distância. Ela está olhando para cima, com o capuz abaixado.

Sento-me ao lado dela, cruzando os braços e tentando reter o calor do corpo.

— Como consegue ficar aqui fora tanto tempo? Não faz mal? — Tento não mencionar a doença. Além de ser indelicado, eu não sei um centésimo do que ela sabe.

— Bem não faz. Mas dei meu jeito. — Ela me oferece uma garrafinha fina de metal aberta.

Fico apreensiva, pois imagino que seja um remédio específico para sua condição. Mas pego a garrafa e dou uma fungada no

Churastei | 209

gargalo: é vodca. Sem pensar duas vezes, dou um gole carregado que desce queimando pela garganta, mas logo depois traz um calor confortável ao meu corpo.

O céu continua escuro, exceto por um pequeno feixe de luz branca começando a se projetar no horizonte. Como uma estrela muito brilhante. A aurora está vindo. Minhas mãos formigam de emoção. Olhando fixamente para cima, dou mais um gole na garrafa e sinto minha barriga ficando quentinha.

— Minha namorada. Ou ex. Não sei mais, para ser sincera. É dela que eu estou fugindo — disparo.

Mesmo olhando para cima, percebo com a visão periférica que Ana Lúcia se vira para mim, atenta. Não sei se foi o gole de vodca ou o frio no rosto, mas sinto as palavras querendo sair da minha boca naturalmente, ao contrário de antes.

— A empresa onde trabalho paga pelo meu visto. Dois anos de trabalho garantido com um bom salário, contanto que continue trabalhando para eles. Se saio da empresa, perco o visto e tenho que ir embora do país. E, ultimamente... não parece ser a pior das ideias.

— Você vai se demitir?

Respiro fundo e tomo mais um gole.

— Não sei. Talvez.

Devolvo a garrafinha para Ana Lúcia, que por sua vez dá um gole também, depois a fecha com uma tampa prateada.

— Sua namorada te fez alguma coisa?

— Não. Pelo contrário. Ficou superfeliz quando eu comecei a trabalhar para essa empresa. Começou a falar sobre planos futuros, casa, casamento... que é nossa chance de ter a melhor vida a duas... — Faço uma pausa, depois continuo: — Ela é ótima. A melhor pessoa que já conheci.

— Então por que quer sair do emprego?

Se não tivesse chorado tudo que tinha para chorar agora há pouco dentro do iglu, com certeza já estaria com os olhos queimando no momento.

— Você vai pensar que é frescura. Que é coisa de *millennial* mimado.

Ela junta o indicador ao polegar e arrasta os dois pelos lábios fechados. Suspiro e continuo:

— É minha chance de me livrar daquele lugar. Dos gerentes dizendo que brasileiros são todos preguiçosos. Dos "colegas" — faço o sinal de aspas com as mãos — que ganham crédito por todo o trabalho, mesmo não tendo feito nada. Do diretor que um dia me chamou na sala dele para me parabenizar pelo bom trabalho subindo a mão pela minha coxa. — Estremeço, como se uma presença ruim tivesse acabado de passar atrás de mim. — Das promoções que perdi porque poderia estar tirando a oportunidade de um europeu, mesmo sendo a pessoa que mais trabalhava horas extras, entregava tudo no prazo e apenas sorria e acenava quando vinham me dizer que estavam surpresos que eu sabia falar inglês.

Eu me sinto mais leve depois de colocar tudo aquilo para fora.

— Me lembra aquela música — Ana Lúcia diz.

— Que música?

— Aquela… "Churastei".

Ergo a sobrancelha.

— Sabe… "Churastei, Churaigou"…

Deixo escapar um ronco pelo nariz.

— "Should I Stay or Should I Go"? — Tento não rir.

— Ah, vai catar coquinho. Eu tenho um doutorado em cirurgia cardiovascular e falo alemão. E tenho lúpus. Eu falo da porra do jeito que eu quiser.

Mordo os lábios, me sentindo uma imbecil. Minha última intenção era ofendê-la. Estava tão acostumada com as pessoas corrigindo meu inglês que foi automático.

Mas, de repente, Ana Lúcia explode em uma gargalhada. É contagiante, pois percebo que começo a rir também. Muito.

Respiro fundo, depois de me acalmar e limpar a lágrima que escorreu do meu rosto. Minha barriga dói, mas é aquela sensação gostosa.

— Desculpa, se formos comparar com o seu problema, isso é besteira.

— Bem... se eu tivesse que escolher entre uma doença autoimune e xenofobia... — ela pondera — ... acho que iria com a xenofobia. Sem ofensa.

— Com certeza. Concordo.

— Mas que babacas.

— É. Por mais que eles sejam minha solução para continuar morando em Londres, não sei se aguento mais ficar presa a eles. — Abaixo a cabeça. — Samira, minha namorada, ficou bem decepcionada quando soube que eu estava pensando em me demitir. Foi uma briga feia. Falou que era exagero, que eu ia me arrepender de jogar aquela oportunidade fora, que estava agindo como uma pessoa fraca, sendo que sou mais forte do que isso, que estava sendo egoísta. — Entrelaço os dedos atrás do meu pescoço. — Cheguei a um ponto em que não conseguia mais ver um futuro para mim em Londres, então fugi para a casa da minha amiga Malika até resolver o que fazer.

Eu me sinto melhor por contar tudo, mesmo não conhecendo Ana Lúcia há mais de um dia.

— Foi covardia, eu sei. Fugir assim sem dar satisfação a ela.

Ela chega um pouco mais perto de mim, ainda sentada no tronco.

— Acha que ela realmente quis dizer isso, não foi o calor do momento?

Olho para o meu bolso, onde está o celular.

— Era o que eu achava. Mas, depois de me distanciar um pouco e ler as mensagens que ela me mandou ao longo desses dias, parece que se arrependeu.

— Então você vai continuar no emprego?

Volto a olhar para o céu, que já está um pouco mais claro. Mordo os lábios.

— Não sei.

Ainda cabisbaixa, sinto a mão de Ana Lúcia segurando a minha e acariciando-a levemente com o polegar, debaixo da luva grossa.

— Sabe, você tem outras possibilidades também.

— Tipo quais?

— Ué, a Europa inteira. — Ela dá de ombros. — Talvez você não consiga trabalho em Londres, mas pode tentar outros lugares. Pode ficar em qualquer país durante três meses como turista, pesquisando, conhecendo. *Vivendo.* — Seus olhos dobram de tamanho ao dizer essa última palavra.

Não digo nada. Começo a ouvir a música "Should I Stay or Should I Go" tocando no meu inconsciente.

— Eu fui para a Alemanha há quinze anos sem um tostão e sem nem saber falar inglês ou alemão. Fui trabalhar cuidando de uma criança para uma família. Estudei que nem louca, guardei o máximo do dinheiro do trabalho e entrei na faculdade. Agora estou aqui. Não realizei o sonho da minha família de arrumar um marido alemão e ter vários filhinhos loirinhos, mas quer saber? — Ela hesitou por um instante. — Não me arrependo de nada.

A música parece tocar mais alto nos meus ouvidos. O refrão se repete de novo e de novo.

— Tenta não pensar nas consequências ruins dessa escolha. Pensa só no que vai te trazer paz de espírito. — Ela aponta para o céu com a cabeça. — Para mim, aqui é o melhor lugar para se chegar a isso, não acha?

Sorrio e me sinto um pouco mais leve. Ana Lúcia tem aquele tom de voz de médico que entende perfeitamente como você se sente e te garante que você vai se recuperar.

Fecho os olhos e respiro fundo uma, duas, três vezes. O cheiro de pinheiros frescos e neve no topo daquela montanha traz uma sensação de paz sem igual. Penso no dia em que conheci Samira, em um pub lotado em Camden Town. Apostei com Malika que conseguiria distrair uma garota qualquer enquanto ela roubava a sua cerveja. O papo acabou sendo tão bom que até esqueci da aposta. Quando ela descobriu, em vez de ficar brava ou chateada, gargalhou e nos pagou outra cerveja, nos parabenizando pelo plano. Passamos a nos ver uma vez por semana, depois duas, depois alternando onde dormiríamos nos finais de semana, até que depois de um ano resolvemos juntar nossas coisas e arrumar nosso próprio cantinho. Eu chegava em casa cansada, irritada com mais um dia de trabalho, e ela fazia o jantar, colocava um filme, contava piadas… Nossa casa era pequena, um *studio* em uma rua movimentada, mas ainda assim era um lar. Só que essa sensação foi diminuindo a cada dia que eu voltava do escritório, começando a parecer uma prisão.

Passei a fazer menos horas extras e tentar sair do trabalho no horário. Era sempre a primeira a levantar e sentia vários olhares me julgando conforme andava até a porta. "Que vida fácil, hein?", ouvia os cochichos. Escutei uma funcionária mais velha dizendo que não se sentia muito à vontade perto de mim porque achava que eu estava dando em cima dela. Pelo simples fato de eu gostar de mulheres.

Comecei a usar minha hora de almoço para procurar emprego e devo ter enviado mais de duzentos currículos. Até fui chamada para algumas entrevistas, mas nunca chegava à última fase do recrutamento. A desculpa que davam era que não poderiam me fornecer um visto de trabalho, mas eu sabia que, lá no fundo, ninguém queria ter o trabalho de passar pela burocracia para contratar uma imigrante. Então continuei no mesmo emprego. Aguentei os comentários sobre como minha pronúncia de algumas palavras em inglês era engraçada, os pedidos de alguns clientes para passar a ligação para um falante nativo do idioma, os pedidos negados de férias pagas dizendo que meu visto havia custado muito dinheiro.

Partia meu coração falar com meus parentes por chamada de vídeo. Todos tinham muito orgulho da primeira pessoa da família a sair para estudar e trabalhar fora. De como eu era um exemplo do qual meus primos mais novos deveriam seguir os passos. Perguntavam como estava o trabalho, como eram os colegas, se já estava rodeada de amigos e quando me tornaria chefe de toda a empresa. Eu ria, mesmo sem vontade, e respondia: "Logo, logo". Não tinha amigos. Dentro ou fora da empresa. Estar lá sugava tanto as minhas energias que, nos fins de semana, só queria ficar com Samira.

Sinto meus olhos marejados. Solto o ar lentamente para me recompor, mas logo percebo Ana Lúcia apertando minha mão.

— Ana. Olha.

Abro os olhos e, por um instante, fico sem ar. Mas não é uma sensação ruim. É como se o tempo tivesse parado. Como se tudo de repente tivesse ficado em câmera lenta. Nenhum som, nenhum movimento, só luz.

Ela surge de trás da montanha mais próxima no horizonte. Não começa fraca e vai ficando mais vívida como pensei que seria. Ela já aparece em todo seu esplendor. É uma mistura de verde-limão com reflexos violeta. É de uma cor tão viva, vibrante, que não consigo nem piscar. A princípio parece um jarro de tinta escorrendo pelo céu, mas percebo que tem um movimento suave para a frente, como quando se joga uma pedra em água parada. Não parece real. Fico pasma de como a natureza pode criar algo tão bonito assim.

É a coisa mais incrível que já vi. Ela forma um círculo esverdeado e roxo dançando sobre as montanhas, como se estivesse se mostrando aos turistas atônitos. Achando graça da nossa admiração. Tudo parece tão pequeno diante daquelas luzes. Ana Lúcia, Samira, Malika, cada habitante do planeta Terra, eu.

Penso no que Ana Lúcia disse sobre encontrar a paz de espírito. Que não há uma escolha errada. Que tenho outras possibilidades. Penso em Samira.

Eu a imagino aqui comigo, assistindo a esse espetáculo, dizendo que tudo vai ficar bem. Como não pensar que as coisas vão se resolver, presenciando algo assim, que parece um milagre?

E falando em milagre... percebo que Ana Lúcia está tão maravilhada quanto eu. Imagino que, para ela, essa seja uma oportunidade em um milhão, dada a sua condição de saúde. Ela não sente raiva nem tristeza por estar doente. Só está grata de estar aqui, aproveitando seu tempo e alcançando uma de suas metas. A maneira de Ana Lúcia ver as coisas, não como castigos, mas partes da vida, e procurar vivê-la o máximo possível, é admirável. Ela tem razão. Nunca se sabe o dia de amanhã.

Quantas vezes me peguei pensando em quão injusta minha vida era só porque não tinha um passaporte europeu e dependia de uma empresa para ficar legalmente no país? Quantas vezes me martirizei insistindo que só tinha as opções de fugir de volta para o Brasil ou destruir minha saúde mental em um emprego que sugava minhas energias? Que tinha de viver o sonho da minha família em vez do meu? Aliás, falando em sonho, percebo que acabei de realizá-lo. A próxima página da minha vida está em branco. E isso é meio emocionante.

Toco o bolso do meu casaco e vejo o cartãozinho amassado e improvisado que Alpertti tinha me dado mais cedo. As palavras *Santa Transfer* e seu número de telefone escrito em Comic Sans. Me vem uma ideia louca na cabeça: e se eu ficar aqui? E se eu perguntar a Alpertti se ele me deixa dirigir a minivan e trazer turistas para presenciar esse momento tão incrível como eu presenciei? E se puder ver toda noite as luzes dançando no céu?

Rio sozinha.

— O que foi? — Ana Lúcia pergunta.

Presenciando a aurora boreal tão de perto como estou agora, começo a ver as coisas com uma perspectiva diferente. Eu não devo me sentir fraca por reconhecer meus limites. Também não devo ficar triste em ter de tomar uma decisão. Não quando ainda tenho tantas possibilidades à minha frente. Não são o que eu esperava, a princípio, mas não quer dizer que sejam ruins. Talvez os planos B, C, D, E sejam melhores que o plano A.

Minha intenção no início da noite era ficar sozinha sentindo pena de mim mesma, mas acabei conhecendo uma pessoa de mesmo nome que eu, com uma baita história de vida, e estou muito feliz por ter dividido esse momento com ela.

A luz no céu que eu estava vendo como uma despedida, como algo triste, não precisa ser assim. Pode ser um recomeço. Uma promessa de que Ana Lúcia e eu voltaremos para cá um dia. Porra, ou um sinal para eu continuar aqui por uns tempos. O que importa é que é imprevisível. E isso é bom.

— Acho que a questão não é "Churastei" ou "Churaigou" — digo, imitando a pronúncia dela.

— Palhaça. — Ela me empurra de leve, e nós duas rimos.

Aperto a mão de Ana Lúcia, não com força, mas com firmeza. Mostrando que entendi o que ela tinha dito. Agradecendo a ela por estar lá comigo e afirmando que ela também não está sozinha. Sorrimos uma para a outra brevemente, depois voltamos a admirar o espetáculo sobre nossas cabeças. Não sinto mais frio, fome, cansaço, tristeza, dúvida, nada.

Só paz.

Pelkosenniemi, 21h47, −14°C

De volta ao iglu, Ana Lúcia e eu enchemos nossas canecas com o chocolate quente de Friderika e o misturamos com o resto da vodca da garrafinha prateada.

— Vou te falar… — ela diz, depois de tomar um gole que a deixa com um bigode de espuma marrom. — Valeu a pena dividir meu santuário isolado com uma menina que nunca vi na vida, que tem o mesmo nome que o meu.

— Concordo. — Sorrio. Realmente, nunca vi nada igual àquelas luzes fosforescentes. Sei que nada mais vai chegar perto daquela experiência. Valeu cada centavo, cada camada de roupa térmica, cada lágrima. — Você… tem chances de se curar?

— Lúpus não tem cura — ela responde, com serenidade. — Mas posso viver com ela. Vim até aqui com ela, vi a aurora boreal com ela, fiquei horas numa temperatura abaixo de zero com ela e estou aqui, viva. E zero arrependimentos.

Nós duas brindamos. Ela está certa.

— Já se decidiu? — ela pergunta. — Lembrando que qualquer coisa que decidir é para seu bem, e não um erro ou uma fraqueza, ok?

— Acho que sim.

— E o que vai ser? Brasil ou Inglaterra?

— Nenhum dos dois.

Ela ergue as sobrancelhas.

— Você tem razão, sabe? Não precisa ser só uma coisa ou outra. Ou ficar com Samira, ou ter paz de espírito. Brasil ou Inglaterra. Não quando temos um mundo tão grande, tantas auroras boreais para ver. — Cruzo as pernas em cima da cama. — Se não conseguir um visto para a Inglaterra, então vou arranjar outro lugar. Sair para conhecer a Europa, arrumar uns bicos temporários. Ficar aqui por um tempo, quem sabe? Mas vou conversar com a Samira, inclui-la na decisão. Sinto falta dela. Quem sabe ela não aceita vir para cá ficar um tempo vendo a aurora boreal todas as noites?

O rosto de Ana Lúcia — com as bochechas levemente avermelhadas por conta da vodca — se ilumina.

— Diz que você vai mandar o seu chefe assediador para a puta que o pariu.

Dou risada.

— Vou tentar arrumar um jeito de dizer isso de uma maneira educada. Mas que vou sair de lá, isso já é cem por cento certo.

Ela se levanta, ergue as mãos na altura do peito e força um sotaque esnobe, imitando aquelas socialites que se vê em reality-shows.

— Darei quatro estrelas a esse Airbnb porque me proporcionou uma jornada de autoconhecimento e clareza. — Ela olha em volta e faz uma careta, ainda na personagem. — Só não dou cinco porque ficou faltando uma banheira de hidromassagem, e eu tive que dividir meus aposentos com uma mulher louca que não conhecia.

Nós duas gargalhamos. Terminamos o chocolate quente e passamos o resto da noite conversando, combinando uma possível visita minha à Alemanha e dela aonde quer que Samira e eu estejamos no futuro.

Ela me dá dicas sobre como arrumar um emprego melhor para mim e que me ofereça um visto de trabalho, e fala sobre outros países onde talvez valha a pena procurar maneiras de ir morar. E reafirma que, se eu quiser passar um tempo no Brasil para me organizar, está tudo bem. Que, se Samira realmente me ama, vai entender e esperar.

Não posso deixar de ponderar se essa incrível coincidência de agendar o mesmo Airbnb, no mesmo lugar, na mesma hora, com uma mulher de mesmo nome e sobrenome que o meu, aconteceu com um empurrãozinho de alguma força maior. Destino, sorte, alinhamento de planetas, energia cósmica da aurora boreal, não sei. Bem, na verdade, sei, sim, no fim das contas, foi só um erro em um aplicativo que agenda estadias em viagens. Mas era tudo que eu precisava.

Rovaniemi, 12h12, −2°C

Samira me mandou mais uma mensagem durante o tempo que passei sem sinal no topo da montanha. Aquela foi mais longa, dizendo que estava arrependida por ter sido insensível e não ter visto como tudo foi difícil para mim. Que queria muito me encontrar para conversar, que sentia minha falta e que me apoiaria no que eu decidisse, mas que faria de tudo para ficarmos juntas, não importava onde. Abro um largo sorriso quando a leio, com o coração quentinho debaixo das camadas de casacos.

Estou sentada no portão de embarque, aguardando o voo para Londres. Olho para fora e vejo três aviões sobre um chão branco de neve, e toda a fachada do aeroporto decorada com luzinhas natalinas. Penso em tudo o que me veio à mente enquanto via a aurora e no que Ana Lúcia e eu conversamos, e finalmente escrevo uma resposta para todas as mensagens de Samira:

Eu também sinto sua falta. Vou pedir demissão, mas não vou voltar para o Brasil. Percebi que essas não são as únicas possibilidades. Me busca no aeroporto e conversamos em casa?

Recebo em seguida a resposta dela:

Já estou aqui te esperando.

Mando um 😁 em resposta. Ela me responde com 😁 😁 😁 em seguida. Sinto que minha história na Finlândia está só começando. Quero trazer Samira aqui para ver a aurora também. Quero explorar mais essa terra mágica. A ideia de ficar aqui por mais tempo e poder assistir à aurora todas as noites parece incrível. E de um dia ir com ela a Frankfurt para visitar Ana Lúcia. De fazer planos juntas. E de estar tudo bem em mudar esses planos.

Digito:

O que acha de vir passar um tempo na Finlândia?

Cinco segundos depois, ela responde:

Faço as malas em uma hora.

AGRADECIMENTOS

Tudo começou a partir do primeiro conto desta antologia. Eu originalmente tinha escrito Pentágono para fazer parte de outro livro, "Eu Chamo de Amor", escrito em colaboração com mais outros cinco autores incríveis. As coisas acabaram tomando um rumo um pouco diferente, e no final usei outro conto, chamado Prisma, para compor a antologia.

A minha agente, Eugênia Ribas Vieira, acreditou desde o início no potencial do Pentágono e sugeriu que eu fizesse uma coletânea de contos a partir dele. Ela me auxiliou na construção de cada conto presente em Eu Aceito os Termos de Uso e a fazer essa ideia ganhar vida. Eugênia, muito obrigada por todo o incentivo e por me lembrar de que a escrita faz e sempre fará parte de mim.

Obrigada a todos da editora Astral Cultural por apostarem neste projeto e permitirem que as minhas palavras cheguem a novos leitores.

Obrigada ao meu querido grupo de escrita que surgiu a partir do mestrado na Trinity College Dublin, composto por pessoas do mundo inteiro, que, mesmo sem falar português, contribuiu com ótimas ideias e me ajudou a amarrar bem os contos. Marika, Priya, Colin, Jo, Maia e Alexis: adoro vocês e sinto muitas saudades!

Obrigada aos meus leitores que me acompanham desde o meu primeiro livro, e também aos que me conheceram recentemente. O carinho que recebo de vocês é inigualável e essencial nos meus momentos de crise existencial.

E, por fim, obrigada, Neil, por ser sempre a primeira pessoa para quem eu conto tudo (inclusive a notícia que este livro finalmente iria ganhar uma editora) e por vibrar mais do que qualquer um pelas minhas conquistas. *Tá grá agam duit.*

Primeira edição (agosto/2024)
Papel de miolo Ivory slim 65g
Tipografias Devaganari, Citrine e Hacked (por David Libeau)
Gráfica LIS